诗歌王子 陈昂

THE PRINCE OF POETRY
CHEN ANG

林新荣 主编

北京燕山出版社
BEIJING YANSHAN PRESS

图书在版编目（CIP）数据

诗歌王子陈昂 / 林新荣编 . —北京：北京燕山出版社，2016.12

ISBN 978－7－5402－4370－8

Ⅰ.①诗… Ⅱ.①林… Ⅲ.①陈昂－传记 ②诗集－中国－当代 Ⅳ.①K825.6 ②I227

中国版本图书馆 CIP 数据核字（2017）第 003666 号

书　　名：	诗歌王子陈昂
主　　编：	林新荣
责任编辑：	金贝伦　刘　冉
出　　版：	北京燕山出版社

社　　址：	北京市西城区陶然亭路 53 号
电　　话：	65243837
印　　刷：	北京兴湘印务有限公司
开　　本：	710 毫米×1000 毫米　1/16
字　　数：	135 千字
印　　张：	9 印张
版　　次：	2016 年 12 月第 1 版
印　　次：	2016 年 12 月第 1 次印刷
定　　价：	36.00 元

版权所有　翻印必究

写给追诗的青年

林新荣(瑞安市作家协会主席)

对艺术的追求是生命的一种,而诗歌恰是生命艺术的特殊表现形式,创作诗歌是心灵的追求,读他人的诗歌是心灵的洗涤。编完《诗歌王子陈昂》这本书,是对我耐性和诗性的一大考验,它需要你享受独处的时光,它需要和作者反复的对话,它需要我们自己独到的见解。当然,最主要的是这本书带给我们的回馈,从头看起,这些都是真实的陈昂。

人总是有爱好的,我有很多,比如诗歌。这些日读了陈昂的不少的诗,翻看那一首首诗,体会着作者的生活与感悟,诗歌架起了我们心灵的桥梁。入选本书的内容我进行了反复的挑选,媒体的网络的报道,文字的图片的宣传,我的宗旨就是给读者还原一个真实的陈昂。

诗歌是一个神奇的存在,它能让人从跳跃的文字中体会到艺术的独特,它独特的创造性和感染力令人动容。我们欣赏了从古至今的诗人笔下独具匠心的诗赋,感受了诗的魅力,吟诵了诗的美妙佳句,每一笔画都蕴藏着振奋人心的感动。由此也唤起了我们对诗的渴望。今天,我推荐这个用心歌唱的诗歌王子,他的作品里有幻想、感悟、心情、思念、希望……这一首首灵动的诗就像诗人的一个个梦，它可以是晶莹的，因为诗中有泪；它可以是蓝的，因为它向往蓝天；它可以是绿的，因为它富有自然的气息；它可以是红的，因为它是用心谱写的。诗，从来都是一种精神存在。作为一个诗人，他的诗歌代表了他的精神存在，存在于感悟，存在于用文字与他人沟通的精神。

"All grown-ups were once children... but only few of them remember it. 所有大人都曾是小孩，可惜只有少数人记得这件事。——安东尼·德·圣-埃克苏佩里《小王子》"。是的，在这样透明纯净的年纪，陈昂，我羡慕你的年轻，我羡慕你的灵性，我欣赏你的文字，欣赏你的情怀，欣赏你的智慧，当然也希望更多的人能享受他的作品。

陈昂简介

陈昂,青年诗人、学者、春草派诗歌代表人物。

享有"诗歌王子"之美誉。1992年1月26日出生于山东省滕州市,现居北京。目前主要致力于新诗创作和中外新诗发展史研究。现任CCTV《中国诗词大会》特邀嘉宾,闻一多诗社名誉社长,中国红十字基金会行者基金形象大使,中国诗歌学会会员,滕州市微山湖湿地红荷风景区文化顾问。诗歌作品先后译成英语、法语、俄语、日语、德语等十余种版本。2012年荣获"闻一多诗歌奖",2014年诗歌作品《洪荒》选入中学语文课外读本,2015年10月应中央电视台《中国诗词大会》节目组邀请参与节目录制,2015年12月《漫天飞雪的日子》点击量突破2亿次,2016年诗集《半面夕阳半面海》纳入中国红十字基金会系列丛书栏目。著有诗集《漫天飞雪的日子》《暖男情诗》《半面夕阳半面海》《陈昂诗选》(上下册)《春草集》《漂亮的人生敢于起航》等。

诗歌王子陈昂

陈昂,1992年1月26日出生于山东省滕州市一个普通的知识分子家庭,其祖父、父亲都是当地有名的文化人,陈昂的生活环境文化氛围浓厚,加之父母重视教育,陈昂比其他孩子更早地走进了文学的世界,用陈昂自己的话来说"自己是听着妈妈讲安徒生童话,读着南唐后主李煜的词长大的"。

陈昂5岁开始学习诗歌创作,最先接触到的是南唐后主李煜的词,陈昂10岁开始在当地报刊杂志发表作品,13岁出版了自己的首部诗歌作品集《天涯》,2012年荣获"闻一多诗歌奖",同年应邀加入中国诗歌学会,2014年诗歌作品《洪荒》选入中学语文课外读本,2015年《漫天飞雪的日子》点击量突破2亿次,全年诗歌点击量突破20亿次,2016年荣登中国新诗排行榜第一名。

陈昂享有"诗歌王子"之美誉,说到"诗歌王子陈昂"这一称号最早是由原中国诗歌学会会长雷抒雁提出的,2008年雷抒雁写给陈昂的颁奖词"这个年近十八的青年,对诗歌如此地挚爱,他的诗小清新大智慧,读来让失眠的人酣睡,让酣睡的人苏醒,让苏醒的人行动,他是诗歌王国里的王子,精致高贵幽艳,我们相信诗歌王子会给中国新诗开启全新的明天,我们此刻所需做的是期待、期待!"随后各大媒体对陈昂的采访报道中多次以"诗歌王子陈昂"作为标题,时至今日,"诗歌王子陈昂"这一称号已深入人心。

2011年荣获中国"红高粱诗歌奖"。

2012年荣获"闻一多诗歌奖",同年应邀加入中国诗歌学会。

2013年陈昂作品《孤儿在雪地里画妈妈》以舞台剧的形式搬上美国荧屏。

2014年陈昂荣登搜狐教育作家榜第二名。

2015年因一场大雪,陈昂《漫天飞雪的日子》中诗句"漫天飞雪的日子 / 一定要约喜欢的人 / 出来走走 / 从村子的这头 / 走到那头 / 回家后 / 发现彼此 / 一不小心就手牵手 / 走到了白头"红遍大江南北。

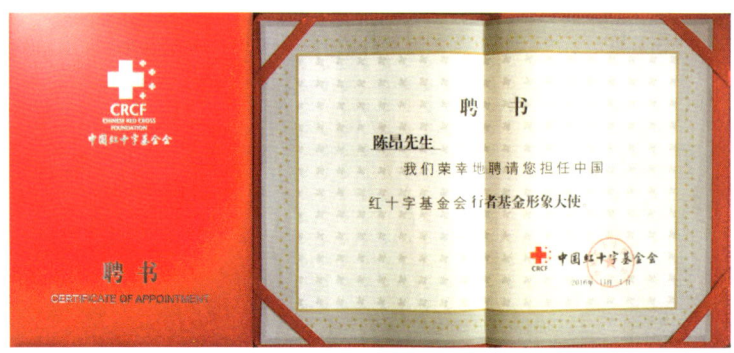

2015年10月应中央电视台《中国诗词大会》节目组邀请参与节目录制,2016年《中国诗词大会》在中央电视台一套、十套播出,深受观众喜爱,同年在第22届上海电视节暨白玉兰颁奖典礼上,中央电视台选送的《中国诗词大会》获得"最佳综艺栏目"奖。

2016年7月《陈昂诗选》结集出版,2016年8月,应邀参加第十三届中国(滕州)微山湖湿地红荷节开幕式,并受聘"滕州微山湖湿地红荷风景区文化顾问"。

2016年11月1日 陈昂受聘"中国红十字基金会行者基金形象大使"。

目 录
CONTENT

灿烂青春 001

媒体视角 009

百家论坛 037

陈昂现代诗 077

陈昂非现代诗 107

陈昂谈诗 119

陈昂语录 127

灿烂青春

童年·中学·大学

灿烂青春

—诗歌王子陈昂的童年

童年的梦很长很长

不要在满天乌云的时候寻找太阳

当暴雨过后

天空自会还你一个晴朗

每个人来的时候都未曾穿着衣裳

孤独是与生俱来的一缕光亮

与太阳的光芒相比会黯然无光

直射洞底却有别样的景象

无论何时都不要忘记自励和坚强

你的人生永远只有你

不要过多地依赖和期待他人帮忙

即使来的时候有个孪生兄弟在身旁

去的时候他送给你的也只有惜别的泪和伤

自信的人才能够实现梦想

童年的梦很长很长

心想事成不止是一个祝福

它告诉我们成功的第一步是思想

（图）陈昂妹妹 陈馨

灿烂青春

——诗歌王子陈昂的中学

毕业了我的母校

清爽的春风抚摸希望之草
春日的朝阳在母校上空微笑
琅琅的书声激荡着美丽的校园
我们就像春日里歌唱的小鸟
夏日的校园更加美妙
密密的竹林美丽的喷泉
鲜艳的花儿恰是雨后新生的虹桥

枫红如火的秋季
多了点诗意少了些喧嚣
冬季的母校分外妖娆
银装素裹蜡松雪雕
展示着一中的自信与崇高
跨过那站着的前人
我爱我的母校
无论它的春夏秋冬
无论它的底蕴风貌

灿烂青春

——诗歌王子陈昂的大学

仙人掌

舒婷

巴勒莫的巨石
都被火热的吻
烤成疏松的面包了
也想这样烤烤你，你却
长成绿色丛林般的仙人掌

不顾一切阻挡
我向你伸过手去
你果实上的毛刺扎满了我的十指
只要你为我
心疼一次

仙人掌 仙人掌
既然你的果实不是因我而红
为何含笑挡在我的路上

你是我的新娘

你是我的新娘

不化妆也很漂亮

一双温情的明眸

像微风拍打我的脸庞

你是我的新娘

是我恋爱的汪洋

一头乌黑的秀发

用芳香浇灌我的心房

你是我的新娘

我心中最美的姑娘

两个甜甜的酒窝

唤我进入梦乡

陈昂父亲陈飚风先生的书道人生

图片人物 陈飚风

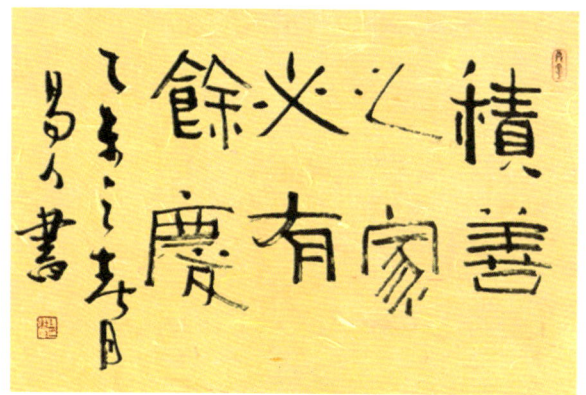

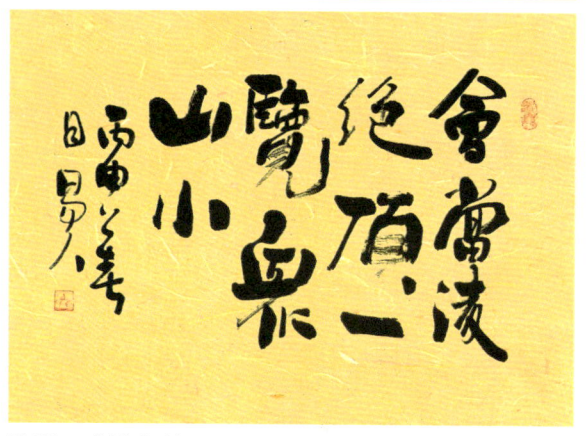

陈飚风书法作品

陈飚风篆刻作品

媒体视角

诗歌王子陈昂

 陈昂　　　　　　　　　　　　　　　　　　　百度一下

网页　新闻　贴吧　知道　音乐　图片　视频　地图　文库　更多»

● 新闻全文　　新闻标题 | 按时间排序▾

陈昂——中国"百年新诗"的宠儿

中国视窗　2016年09月14日 14:22

陈昂1992年1月26日出生于山东省滕州市级索镇后王晁村,良好的家庭文化氛围孕育了中国新诗的惊人诗苗,陈昂的童年平静如水,陪温良贤惠的母亲读唐诗宋词,听童话故事:… 百度快照

陈昂:中国新诗射向世界诗坛的一缕阳光

中国视窗　2016年12月07日 10:19

直到诗歌王子陈昂的出现,中国诗人才在世界上树立了自身形象,陈昂像中国新诗射向世界诗坛的一缕阳光,把中国新诗照亮。他是"世界诗坛的风铃"在人类文明发展…百度快照

枣庄籍诗人陈昂诗集《半面夕阳半面海》在京出版发行

枣庄日报　2016年12月07日 00:00

陈昂享有"诗歌王子"之美誉,目前主要致力于新诗创作和中外新诗发展史研究。著有诗集《漫天飞雪的日子》《暖男情诗》《陈昂诗选》(上下册)《中国少年读新诗——…百度快照

诗歌王子陈昂《渴望一场寒风》被市民誉为战胜雾霾的胜利之歌

中国视窗　2015年12月10日 14:45

后经记者调查发现源于诗歌王子陈昂创作的诗歌《渴望一场寒风》(原诗如下:西伯利亚的大风尚未吹来/我拿什么赶走雾霾/近在咫尺的我们/无法看到彼此的无奈/雾朦胧的…百度快照

陈昂:用最简单的语言写最美的诗篇　安徽频道　凤凰网

2015年11月13日 - 在当代诗坛上,陈昂是作为"春草派诗歌"和"当代浪漫诗人"的代表性诗人确立其诗歌地位的。陈昂的诗歌源于生活,正如同他的追求:做生活的记录者,陈昂…

ah.ifeng.com/news/wang… ▾ - 百度快照 - 629条评价

诗歌王子陈昂受聘微山湖湿地风景区文化顾问

中国日报　2016年08月26日 22:05

一场文化的盛宴,家乡人民也回馈了他最深情的热爱,红荷节期间,滕州市微山湖湿地红荷风景区管委会向诗歌王子陈昂颁发了滕州市微山湖湿地红荷风景区(终身)文化顾问的…百度快照

高考突击：陈昂诗歌中的作文素材和经典名句

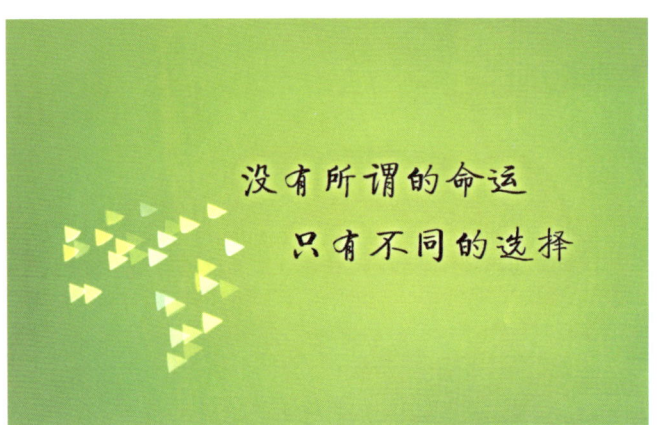

《曾几何时》
重要的人越来越少 / 留下的越来越重要
《爱情装睡》
装出来的无所谓 / 实际是一种撕心裂肺
《黑暗里没有影子》
当黑暗来临的时候 / 连影子也会离开你
《匆匆而过的是眼前》
永远究竟有多远 / 永远短到很多人看不见
《从黑夜飞往黎明》
生活有一双翅膀 / 一个飞往黑夜 / 一个飞往黎明
《欲望是梦想的催化剂》
女人结婚后流的每一滴泪 / 都是热恋时脑子进的水
《要活就活得潇洒》
人生之所以不幸 / 是因为在自我的悲剧里 / 编写他人的神话
《童年的梦很长很长》
不要在满天乌云的时候寻找太阳 / 暴雨过后 / 天空自会还你一个晴朗
《是不是有趣的人生像喜剧》
人长不过执念短不过善变 / 赢得空间输掉时间 / 回头的瞬间总能看到遗憾
《一万年后》
一万年后的远游 / 寻觅出水彩莲的娇羞 / 你的嘴和语言 / 是我今世的模样和忧愁
《漫天飞雪的日子》
下雪的时候 / 一定要约喜欢的人 / 出来走走 / 因为一不小心就手牵手 / 走到了白头

首页 共产党 要闻 时政 | 国际 军事 台港澳 教育 | 社会 图片 观点 地方 | 经济 汽车 房产 | 体育 娱乐

人民网 >> 人民网广西频道 >> 科教文卫

诗歌王子陈昂：诗人要学会用诗歌记录生活

2014年12月09日16:21　　来源：中国青年网　　手机看新闻

为期一周的"中国作家讲堂"在中南大学国际报告厅举行。诗人陈昂以《诗人要学会用诗歌记录生活》为题，详细讲述了当代中国诗歌内外的文化现象，并强调"诗人应该是阳光的、智慧的、敏锐的、幽默的。不会因为社会稍有昏暗而失去希望，也不会因为辉煌而放弃了忧患，诗歌是纯洁的、神圣的，绝不能靠创作诗歌炒作个人，更不能投机取巧，打着文学的幌子搞经济"，来自全国各地的文学爱好者及中南大学、湖南大学、湖南师大师生共2000余人参加。

陈昂讲到"中国文化底蕴深厚，诗人在创作诗歌作品时要有中国气魄和中国精神"，中国气魄指的是创作要具有中华民族特色，要符合时代发展要求，要杜绝三俗，要为时代放歌，为人民代言。一名合格的诗人理应去关注国家发展与人民心声，为人民代言，站在人民的立场上创作，弘扬传统文化，引领时代风尚。

陈昂以一名诗人的创作经验，指出作家、诗人及文艺创作者应"艰苦奋斗做学问，融入群众搞创作"，要以低姿态去理解和关心普通层面的人民生存状态，诗人要以强烈的社会责任感和使命感，真实记录社会发展过程中与人民群众生活和命运息息相关的重大事件，诗人必须秉持人民立场，走群众路线，从群众中来到群众中去，对人民群众的伟大历史实践予以理解和支持，并以文学形式记录，记录人民群众创造的一砖一瓦、一草一木，珍惜人民群众的劳动成果。

陈昂讲到"我印象里的诗人应该是阳光的、智慧的、敏锐的、幽默的。不会因为社会稍有昏暗而失去希望，也不会因为辉煌而放弃了忧患，诗歌是纯洁的、神圣的，绝不能靠创作诗歌炒作个人，更不能投机取巧，打着文学的幌子搞经济，真正的诗人要为人民谏言、为时代讴歌"。诗人要学会用诗歌记录生活，做生活的记录者，做人民的代言人，专心创作，艰苦奋斗做学问，传承好民族传统文化。

陈昂，青年诗人、学者，春草派诗歌代表人物。现任CCTV《中国诗词大会》特邀嘉宾，闻一多诗社名誉社长，中国诗歌学会会员。诗歌作品先后译成英语、法语、俄语、日语、德语等十余种版本。享有"诗歌王子"之美誉，目前主要致力于新诗创作和中外新诗发展史研究，著有诗集《漫天飞雪的日子》《陈昂诗选》（上下册）《半面夕阳半面海》《春草集》等。

一场大雪让滕州诗人陈昂蹿红网络

"下雪的时候／一定要约喜欢的人／出来走走／因为一不小心就手牵手／走到了白头。"一场大雪让这两句诗风靡微信、微博、贴吧等网络媒体，赢得了千千万万网民的感动与赞叹。人人可见的场景，最寻常的语言，道出了最深情的承诺。这么美的诗句出自谁手？作者就是我们滕州人陈昂，一个正在全国走红的90后青年诗人。11月25日晚，记者通过微博采访了他。

陈昂2014年荣登搜狐教育作家榜第二名，2015年应邀录制"CCTV中国诗词大会"节目，随后在北京成立"陈昂工作室"。陈昂在海外6家华文媒体开辟专栏，其作品选入海外"汉语言文学教材"。

"下雪的时候／一定要约喜欢的人／出来走走／因为一不小心就手牵手／走到了白头"，这两句诗出自陈昂2009年创作的现代诗《漫天飞雪的日子》，原诗是："漫天飞雪的日子／一定要约喜欢的人／出来走走／从村子的这头／走到那头／回家后／发现彼此／一不小心就手牵手／走到了白头。漫天飞雪的日子／一定要约喜欢的人／出来走走／大手拉着小手／紧贴彼此的胸口／这么美的景色／世界上没有人会看够。"

常年在外，陈昂十分想念家乡。他在《微湖湿地的痴呓》中写道：在漆黑的夜里／打开窗户／对着家的方向痴呓／多想在家乡的红荷湿地／陪陪另一个自己／把心交给大地／自由自在地呼吸……一个人在微山湖畔／坐着自制的小船／看着头顶的蓝天／才发现只有家乡百看不厌／放下一切难得半日清闲／在阳光下享受家乡的温暖／在离家的瞬间／抓一把空气／藏在掌心里面。他用平白如话的语言，表达了浓得化不开的乡情。

历史文化与旅游学院

| 首页 | 学院概况 | 师资队伍 | 学院公告 | 教学科研 | 招生就业 | 学术交流 | 教务信息 | 党团建设 | 学生工作 |

您当前位置： 首页 >> 学院公告

我院2014届毕业生陈昂荣登90后作家排行榜第四名

【大中小】收藏

　　近日，从中国作家协会传来喜讯，我院2014届毕业生陈昂荣登2016年90后作家排行榜第四名，陈昂此次上榜的推荐词是"单首诗歌点击量过亿的诗歌王子"。2016年中国90后作家排行榜由中国作家协会主办，中国作家协会青年作家指导中心承办，中华诗词协会、中国青年作家协会、起点中文、腾讯读书、中国诗歌网协办。据了解，"2016年中国90后作家排行榜"统计了50家中文网站、126家出版社、3000家媒体的作品发布阅读量，历时三个月整理而成。

　　陈昂是我院旅游管理系2011级学生，大学期间先后担任班长、院学生会宣传部长、校报记者团常务助理、聊城大学集邮协会理事长，陈昂在校期间获校级演讲比赛一等奖、校级书法大赛一等奖、校级优秀团干部、校级社会实践先进个人等多次。2012年获得"闻一多诗歌奖"，应邀加入中国诗歌学会。陈昂现任CCTV《中国诗词大会》特邀嘉宾、中国红十字基金会行者基金形象大使、中国诗歌学会会员，闻一多诗社名誉社长。2016年由中国文联出版社出版诗集《暖男情诗》等。

TAG: 排行榜 毕业生

上一篇：我院学生获评2016"地方青年观察员"荣誉称号
下一篇：新版列国志《肯尼亚》新书发布会在京召开

相关文章

- 山东省毕业生就业信息网使用流程
- 历史文化学院2007届毕业生信息及专业介绍
- 山东省2007年选调应届优秀大学毕业生到基层工作简章
- 西部计划全国项目办致2009届高校毕业生的公开信
- 二十多部委联合出台举措 促进高校毕业生就业

最新TOP10

- 聊城大学旅游管理专业推荐阅读书目
- 聊城大学历史学专业推荐阅读书目
- 陈德正院长参加全国高校世界史专业建
- 何包钢、虎中英受聘太平洋岛国研究中
- 我院陈德正教授入选山东省首批智库高
- 梁茂信 自由的冲突与代价——美国枪
- 国务院发展研究中心与太平洋岛国研究
- 我院参加国务院学位委员会世界史学科
- 于化君：世界的裂变——从苏联解体说
- 于洪君莅临太平洋岛国研究中心指导工

友情链接

聊城大学
聊城大学运河研究院
北京大学历史系
清华大学历史系
南京大学历史系
山东大学历史文化历史学院
山东省社会科学界联合会
全国哲学社会科学规划办公室
中国社会科学网
社科网
中国社会科学在线
人民网
光明网

2015年90后作家排行榜

排名 姓名 作品

1 周 渝 《卫国岁月》

2 张佳羽 《最女孩》《我的绰号我的班》等

3 李唐 作品收录《2008年诗歌精选》《十年诗选》等

4 陈昂 《洪荒》《时光似空 耳畔有风》等

5 林卓宇 《心海潮音》《指尖上的花田》等

6 余幼幼 诗集《七年》

7 苏笑嫣 《外省娃娃》《蓝色的，是海》

8 林为攀 《无相》

9 张牧笛 已发表散文、诗歌、小说等60余万字

10 孙梦洁 《世界病》《梦想贩卖机》

发榜机构："后继有人 满园书香"90后百强作家评选小组

说明：

该小组历时14个月，统计了46家中文网站、122家出版社、1690家媒体的作品发布阅读情况，经过三轮评审，最终推出90后作家百强名单。

发榜时间：2015年4月20日

当前位置：中国视窗 > 综合资讯

陈昂——中国"百年新诗"的宠儿

中国网-中国视窗 http://zgsc.china.com.cn | 发布时间2016-09-14 14:55:22

2017年是中国新诗诞生一百周年，这个时间确定，是从1917年胡适在上海出版的《新青年》杂志开始发表新诗算起的。孔子有云："不学诗，无以言。"在中国这个诗歌大国，诗歌堪称最为重要的文学形式之一。近年来出现的"诗歌热"，令一度有些冷寂的诗歌重回公众视线。在中国新诗诞生百年的这个大背景下，"诗歌热"现象尤其值得关注。

相比3000年前的《诗经》，中国新诗就像孩子一样，正从童年走向青壮年。从胡适、冰心、徐志摩到闻一多、戴望舒，诗人们通过一代又一代的努力，我们才走到了今天。中国新诗未来道路还很长，在这个道路上，我们不断挑战前人，也接受别人的挑战。

谈到中国新诗，我们不得不提到两个人物，海子和汪国真，他们作为一个时代的符号，影响了一代人的文学观、爱情观，其如清风般的诗句不知曾被多少60后、70后们所传颂，并温暖人们心灵至今。有人说诗人汪国真是中国诗歌与公众的最后一次相遇，汪国真的去世让中国新诗元气大伤，但正当人们愁于诗坛后继无人之时，一场大雪拉开中国新诗的崭新序幕。2015年冬季，竟然连多年不下雪的广东都下雪了，雪一场接着一场，连日的大雪捧红了陈昂，一位年轻的90后诗人昂首阔步走进中国诗坛的大众视野，一首《漫天飞雪的日子》点击量突破2亿人次，创造了中国诗坛的神话。"漫天飞雪的日子／一定要约喜欢的人出来走走／从村子的这头／走到那头／回家后／发现彼此／一不小心就手牵手／走到了白头。"简单朴实的诗句让诗人陈昂蹿红网络，一时间各大媒体头条争相报道，中国新诗再次沸腾了，陈昂也因此被誉为中国诗歌留在人间的"火种"。

青年诗人陈昂
做客善国讲坛

8月6日，由滕州日报社、市图书馆联合举办的尼山书院第24期暨善国讲坛第59期在市图书馆举行，优秀青年诗人陈昂受邀作了一场题为《国学与当代诗歌》的讲座。

陈昂，青年诗人、学者、春草派诗歌代表人物。享有"诗歌王子"之美誉。1992年1月26日出生于山东省滕州市，现居北京。目前主要致力于新诗创作和中外新诗发展史研究。诗歌作品先后译成英语、法语、俄语、日语、德语等十余种版本。2012年荣获"闻一多诗歌奖"，2014年诗歌作品《洪荒》选入中学语文课外读本，2015年10月应中央电视台《中国诗词大会》节目组邀请参与节目录制，2015年12月《漫天飞雪的日子》点击量突破2亿次，2016年诗集《半面夕阳半面海》纳入中国红十字基金会系列丛书栏目。著有诗集《漫天飞雪的日子》《暖男情诗》《半面夕阳半面海》《陈昂诗选》（上下册）《春草集》《漂亮的人生敢于起航》等。

"中国是诗的国度。孔子曰：'诗无邪。'《诗经》是中国古老诗歌的源头。经过两千多年的发展，中国新诗早已成为世界诗歌大家园的重要成员。"讲座上，陈昂向在场听众详细讲述了当代中国诗歌内外的文化现象。他说，中国文化底蕴深厚，诗人在创作诗歌作品时要有中国气魄和中国精神。诗人应该是阳光、智慧、敏锐、幽默的，要学会用诗歌记录生活，做生活的记录者。一名合格诗人应该去关注国家发展与人民心声，为人民代言，站在人民的立场上创作，弘扬传统文化，引领时代风尚。

在讲座最后，陈昂还提醒在座的学生及写作爱好者，创作前一定要有自己的思维，有自己的判断，在写作的过程中要注意分辨。

《爱情公寓4》第二集套用陈昂诗句

　　《爱情公寓4》是都市爱情爆笑喜剧《爱情公寓》系列的第四部。该剧由汪远编剧、韦正导演，高格文化制作出品，陈赫、娄艺潇、孙艺洲、李金铭、王传君、邓家佳、李佳航、金世佳担当主演，胡歌、何炅、杜海涛等友情客串。本剧讲述了一群不同身份背景的年轻男女在并不奢华的爱情公寓里，上演的一幕幕搞笑、离奇、浪漫、感人的有趣故事。该剧于2012年11月开拍，2013年1月上旬杀青。于2014年1月17日由安徽、黑龙江、东方、湖北四大卫视联合首播。爱奇艺pps网络独播。该剧在首播后打破国产电视剧网络播放纪录，首播期间蝉联百度搜索风云榜电视剧榜单第一的位置，是2014年第一部搜索指数破400万的电视剧；播出平台安徽卫视在同时段中排名第一。

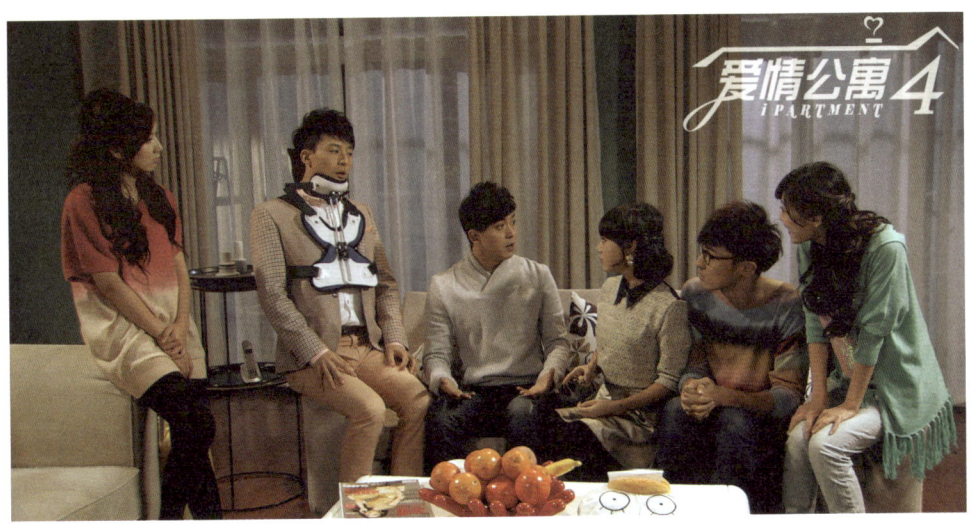

　　随着《爱情公寓4》的热播，热心网友发现《爱情公寓4》第二集刚开始的时候胡一菲（扮演者娄艺潇）和学生史小明（扮演者钱志君）的一段对话（史小明回答的时候）套用了诗歌王子陈昂2008年发表的诗歌《欲望是梦想的催化剂》，胡一菲对史小明说道："路是你自己选的，吃点苦头就受不了了，有功夫在这里哭，还不如去面对，是不是男人。"史小明答道："我明白，我现在流的泪就是当初选专业时，脑子里进的水。"陈昂老师2008年发表的诗歌《欲望是梦想的催化剂》原诗是："恋爱源于最初的私欲，和不想让第三者，知道的秘密，一切美好的东西，都穿着利益裁剪的嫁衣，婚姻是个看似保险的交易，因为女人结婚后，流的每一滴泪，都是热恋时脑子进的水，在这一刻变得有理有据。"

人民网 >> 人民网娱乐频道

母亲节陈昂诗歌成热门话题

2016年05月09日13:55　来源：中国网

分享到：

原标题：母亲节陈昂诗歌成热门话题

　　昨天是母亲节，一年只有这么一天，让那个上天派来爱我们、总是围着我们团团转、又总被我们忽视的最可爱的人，终于可以让我们目光停留、被我们围在中间、捧在手心……于是，这一天，我们的朋友圈被刷屏了，明星们的朋友圈也被刷屏了，谁也不会因此而感到厌烦。只是，说一声"妈妈我爱你"，做一件让妈妈开心的事，不应只在昨天。

　　去年母亲节诗歌王子陈昂创作的诗歌《妈妈是佛安排在我们身边的菩萨》红遍大江南北，转载量突破2.8亿次，"妈妈是佛／安排在我们身边的菩萨／从儿时的咿咿呀呀／经过调皮的如风年华／最后长成心中的那个她／我们都离不开菩萨／都需要妈妈／在妈妈的照顾下／我们学会了走路说话／我们明白了人世的情恨交加／我们懂得了太多／有了牵挂／也明白了不得不放下"。《妈妈是佛安排在我们身边的菩萨》一经发表感动了数以亿计的网民，"妈妈是佛安排在我们身边的菩萨"也成为2015年的热门词条。

　　今年母亲节诗歌王子陈昂在中国网首发《谁家妈妈不善良》（原诗：行驶的列车／拉长我与母亲的距离／熟悉的身影／消失在陌生的视线里／简单的对白掩饰彼此的不舍／假装的坚强又怎能骗得了自己／谁家妈妈不善良／每个母亲在儿女面前都很努力／她们吃饭是为了有奶水喂你／她们口中的不困是为了多陪陪你／谁家妈妈不善良／谁家妈妈不漂亮）一诗，在母亲节这一天给天下母亲送上了祝福。本网记者电话采访了诗歌王子陈昂，他告诉记者"母亲节，祝愿天下母亲健康平安、幸福吉祥，也祝愿自己和女友的母亲开心幸福、健康长寿、万事吉祥"，诗歌王子陈昂告诉记者，天下的母亲都善良，都漂亮，自己创作这首诗歌的灵感主要来自于上次回老家母亲送他上车的刹那，那一刻，诗人满心的感怀，对母亲和老家非常留恋，客车开动的那一刻，诗歌王子陈昂挥笔写下了《谁家妈妈不善良》这首诗。

　　《谁家妈妈不善良》这首诗语言朴素，感情真挚，让人读来如一股暖流袭面而来，"简单的对白掩饰彼此的不舍，假装的坚强又怎能骗得了自己""她们吃饭是为了有奶水喂你，她们口中的不困是为了多陪陪你"，母亲的伟大岂是世间的词语能够描绘的，诗歌王子陈昂不刻意追求诗歌的艺术表达而是直接抒情，这种对母爱的歌颂让人动容。《妈妈是佛安排在我们身边的菩萨》将母爱具象化，刹那间母亲的慈眉善目、和蔼可亲的形象跃然纸上，谁家妈妈不善良，妈妈是佛安排在我们身边的菩萨，每位母亲在自己的子女面前都很努力，她们都在努力做最好的自己，她们对子女的爱是无私的、不求回报的，她们望子成龙、望女成凤，无怨无悔地为子女辛劳一生。

高中语文教材推荐陈昂诗歌二十二首

《享受生命》
说不清
此时
是夜空还是黎明
自然是最美的风景
家里的狗狗似乎刚醒
知了也叫不停
隔壁的大娘
去采摘盛夏的果实
旁院的赌徒
此刻正酣睡不醒
我一个人
坐在小院
看着风铃
想到一个词语 享受生命

《秋波》
那不是一望无际的湖泊
却有楚楚动人的秋波
或许不爱你的人会说笨拙
而我却为此失魂落魄
你有你的可爱与洒脱
我有我的大气与磅礴
不管你爱不爱我
我心依旧执着
不管秋波属不属于我
它已滋润了我的酒窝

《飞絮》
我仇恨思念
恐惧灼心的孤单
你说那不叫孤单
孤单往往行得更远
我不满飞絮缠绵
飞絮或许讨厌
你却说不失浪漫

（注：本篇文章为网页截图，未全摘录。）

《陈昂诗选》发布会举办

为红荷节献礼 陈昂诗歌曾入选语文课外读本

8月7日，陈昂（右）在签字售书。

本报讯（记者 刘智） 8月7日，"诗歌王子"陈昂携新书《陈昂诗选》来到微山湖湿地红荷风景区举办新书发布会，向本届红荷节献礼。

陈昂出生于滕州微山湖畔，系中国新诗领军人物，拥有庞大的读者群，2015年其诗歌点击总量突破20亿次，2012年他荣获"闻一多诗歌奖"。2014年陈昂诗歌《洪荒》选入中学语文课外读本。《陈昂诗选》是陈昂今年7月推出的一部力作，全书共收录诗歌415首，其中上册收录现代诗220首，下册收录现代诗157首，非现代诗38首，陈昂谈诗11讲，并附有陈昂诗歌中的经典诗句。

市人大常委会副主任、市总工会主席姜繁茂，市政协副主席乔令梅出席活动。

另悉，当天，景区管委会为陈昂颁发了微山湖湿地风景区文化顾问聘书。在2小时内，陈昂签售新书926套。

微信诗歌年鉴-2016｜陈昂：我多想把已逝的时光典当（外两首）

我多想把已逝的时光典当

一个人在没船的渡口张望
想去的地方都已打烊
我多想把已逝的时光典当
背上行囊牵着你的手闯荡
最美的风景在远方
所以聪明者一直在路上
假若湖上的景色在湖里看
你是选择相信还是遗忘

最美的不在眼里而在心上

我从不期待谁能够把我照亮
我甘愿做自己的太阳
无论现实怎样
都要呵护梦想
我渴望自己像树木一样
让鸟儿在我身上歌唱

我从不羡慕别人
也从不荒唐地想象
我深信最美的事物
不在眼里，而在心上

是不是有趣的人生像喜剧

白天和黑夜
总会在黎明时碰面
从此岸走到彼岸
从起点走到终点
微笑是不老的容颜
生与死仅呼吸之间
爱和恨不过是当时一念
有趣的人生像喜剧
从彩排到结束都是笑脸
生活二字生很简单活却艰难
口干舌燥和尽情畅饮的感觉
如若悟到切莫轻言
人长不过执念短不过善变
赢得空间输掉时间
回头的瞬间总能看到遗憾
展望的刹那总是自信满满
天还是那片天舞台也从未改变
悲剧和喜剧也是同一个演员

简介：陈昂，1992年1月26日出生于山东滕州。现任CCTV《中国诗词大会》特邀嘉宾，闻一多诗社名誉社长，中国诗歌学会会员。2014年诗歌作品《洪荒》选入中学语文课外读本。著有诗集《漫天飞雪的日子》《半面夕阳半面海》《暖男情诗》《漂亮的人生敢于起航》《陈昂诗选》（上下册）等。

诗歌王子陈昂受聘微山湖湿地风景区文化顾问

来源：齐鲁晚报 2016-08-26 22:10:05

滕州市第十三届微山湖湿地红荷节期间，中国当红青年诗人，著名学者，春草派诗歌代表人物"诗歌王子"陈昂应邀参加滕州市第十三届微山湖湿地红荷节开幕式。"诗歌王子"陈昂此次参与红荷节既是文化之旅，也是回乡之旅。他为家乡人民带来了一场文化的盛宴，家乡人民也回馈了他最深情的热爱，红荷节期间，滕州市微山湖湿地红荷风景区管委会向诗歌王子陈昂颁发了滕州市微山湖湿地红荷风景区（终身）文化顾问的聘书。

"诗歌王子"《陈昂诗选》家乡发布会由滕州市微山湖湿地红荷风景区管委会主任孙剑主持，市人大副主任、总工会主席姜繁茂致辞，"诗歌王子"陈昂分别向滕州市微山湖湿地红荷风景区和滕州市图书馆捐赠了新书，滕州市微山湖湿地红荷风景区管委会副主任李亚娟和滕州市图书馆馆长董润洁分别代表景区和图书馆为"诗歌王子"陈昂颁发了捐赠证书，微山湖湿地集团董事长、总经理王炯昌代表滕州市微山湖湿地红荷风景区向"诗歌王子"陈昂颁发了滕州市微山湖湿地红荷风景区文化顾问的聘书，市人大副主任、总工会主席姜繁茂和市政协副主席乔令梅代表滕州市人民政府向"诗歌王子"陈昂赠送滕州特色礼品鲁班锁，另参加发布会的人员有滕州日报社社长王传伟同志、滕州影视总台台长张永正同志、滕州市文广新局副局长党芬同志。

"诗歌王子"陈昂的到来对滕州文化发展建设及滕州市微山湖湿地风景区的文化发展意义重大，"诗歌王子"陈昂粉丝众多，在文化领域颇具影响力，特别是在中国新诗领域，陈昂作为领军人物，拥有很高的学术话语权，陈昂是滕州人的骄傲，更是中国人的自豪，2015年《漫天飞雪的日子》红遍全国，2016年应中央电视台邀请做客《中国诗词大会》，陈昂作为中国新诗的学术标杆，引领着中国新诗的发展潮流。

艺术视野：陈昂诗歌老树画画

陈昂的诗，有思想、有学识、有哲理、有趣味，有平凡的生活，也有天才的快乐。老树的画，有阅历、有经验、有见识、有学养，有柴米油盐的人间烟火，也有超凡脱俗的仙风道骨。陈昂的诗极具穿透力，他的诗总是在清闲幽默中直指人心，老树的画极具感染力，他的画总是在柴米油盐中开辟一块诗意的栖息地。

老树今年54岁，陈昂今年24岁，一个"60后"一个"90后"，陈昂是"有趣"的诗人，老树是"有趣"的画家，我想当"有趣"的诗人遇上"有趣"的画家一定是件"有趣"的事。陈昂以诗作画，老树以画写诗，陈昂的笔名"春草"，老树的真名刘树勇，一树一草，一老一少，大自然总是神秘莫测，造物主也总是如此地巧妙，当我们读完陈昂的诗看完老树的画，我们不得不由衷地说一句："或许春草自有诗情老树确有画意"。

陈昂常说把诗写给自己，做自己的读者，用平凡的笔记录不平凡的生活和岁月。年少成名的他正如他的笔名"春草"一样，低调富有激情。陈昂的诗我们读来朗朗上口，给人以"小清新 大智慧"的感觉，"当黑夜来临的时候，连影子也会离开你"（出自陈昂《黑暗里没有影子》）、"下雪的时候／一定要约喜欢的人／出来走走／因为一不小心／就手牵手／走到了白头"（出自陈昂《漫天飞雪的日子》）、"女人结婚后／流的每一滴泪／都是热恋时／脑子进的水"（出自陈昂《欲望是梦想的催化剂》）、"人生之所以不幸，是因为在自我的悲剧里，编写他人的神话"（出自陈昂《要活就活的潇洒》）、"如若来世化作鲜花一朵，蜜蜂能否禁得住诱惑，再犀利的烟火，都抵不过东去的大河"（出自陈昂《如若来世化作鲜花一朵》）、"一万年后的远游，寻觅出水彩莲的娇羞，你的嘴和语言，是我今世的模样和忧愁"（出自陈昂《一万年后》）、"千年之后的一弯明月，此时静静地隐藏在，属于自己的角落"（出自陈昂《诗歌中的诗歌》）。

陈昂的诗读完好像诗人并未写完，老树的画看完好像画家并未画完，他们二人的作品都留给受众很大的想象和领悟空间，兴趣是最好的老师，陈昂和老树的作品都是不为名利的抒情之作。老树对自己的描述是"眼前两碗米饭，心中一粒飞鸿"；陈昂对自己的描述是"平凡的生活，天才的快乐"。老树说画画"求之不得，不求自得"；陈昂说诗歌"我不找它，它来找我"。

陈昂是中国诗歌留在人间的火种

2015-12-07 10:40:26.0　来源：中国网(北京)

如果说："诗人汪国真是中国诗歌与公众的最后一次相遇"，那么陈昂就是中国诗歌留在人间的火种。陈昂拥有90后的激情，超越90后的思想和智慧，陈昂诗歌优美情深、寓事明理，深受70、80后读者喜爱。

尼采说："我们飞翔得越高，我们在那些不能飞翔的人眼中的形象越是渺小"，陈昂诗歌是学术性诗歌，值得我们尊重和学习的是陈昂既不是为了写诗而写诗，也不是想要写诗就写诗，陈昂热爱阅读，博览群书，具有深厚的文字功底和文学底蕴，从第一次诗坛"春草运动"（诗歌创作改良运动）到大学毕业后陈昂发起的第二次"春草运动"我们不难看出，陈昂不仅会写诗、能写诗，而且能够带动大家写诗，无论是第一次运动时提出的"景到美处自成律，笔落纸上抒酣情"，还是第二次提出的"诗歌的韵律并不重要，诗歌的词句也不重要，重要的是创作诗歌的那个人"。我们都不难看出陈昂对诗歌主张是"自由创作、注重诗品"，相对第一次"春草运动"而言，第二次运动上升到了人性的高度，对诗歌诗学工作者提出了更高的要求。在第一次"春草运动"中，陈昂主张诗歌为性情之作，不要刻意地考究韵律，就像大自然的美丽景色，美到一定的境界就是格律，只要把文字记录下来，把感情抒发得酣畅淋漓就可以了。这在当时影响了很多青年诗人的创作理念，对诗歌的发展拥有不可磨灭的贡献。在第二次"春草运动"中，陈昂提出的"重要的是创作诗歌的那个人"一语惊醒梦中人，将诗歌的创作层次提高到一个全新的高度，这次诗歌创作改良运动是注定要载入诗歌发展史的。

陈昂说："我的世界里，诗人是阳光的、智慧的、健康的、幽默的，像智者一样赠与生活'锦囊'，在充满情趣的日子里，吃饭、学习、睡觉，简简单单，快快乐乐，诗人是健康的，包括健康的身体、健康的思想，诗人最主要的就是思想，诗人一定要有自己的思维，有自己的判断力，在写作的过程中，要注意分辨，做生活的记录者。"

诗歌王子陈昂六一儿童节做客北京《青年诗刊》

作者：李亚楠　2016年06月01日 21:13　新浪网

2016年6月1日，当红青年诗人诗歌王子陈昂应邀来到北京《青年诗刊》杂志社，在六一儿童节这天给全国读者送祝福。诗歌王子陈昂通过《青年诗刊》网络视频空间连线全国34个省市自治区的读者朋友，分享自己为六一儿童节创作的新诗《童年的梦很长很长》，本次连线时长20分钟，诗歌王子陈昂亲自朗诵了自己的三首原创诗歌。

陈昂是中国优秀青年诗人，享有"诗歌王子"之美誉，去年，陈昂的诗歌点击量累计突破22亿次，"下雪的时候／一定要约喜欢的人／出来走走／因为一不小心就手牵手／走到了白头"一句荣登多家媒体杂志头条。说到"诗歌王子陈昂"这一称号最早是由诗人雷抒雁提出的，2008年的全国性诗歌大赛雷抒雁写给组委会的推荐词首次提出"诗歌王子陈昂"这一称号，随后各大媒体对陈昂的报道中多次以"诗歌王子陈昂"作为标题用语，时至今日，"诗歌王子陈昂"这一称号已深入人心。

今年六一儿童节，北京《青年诗刊》杂志社应广大读者要求精心策划了"诗歌王子陈昂视频联系读者"系列活动，这一活动的开展有利于读者更好地与诗人互动，通过科技平台远隔千里的诗歌王子陈昂一下子来到我们身边，与我们倾心交流，这是一件多么幸福的事情啊。

世界上有的人成功，有的人失败，但关键因素在于你敢不敢想，你有没有去思考。诗歌王子陈昂的《童年的梦很长很长》让我们受益匪浅，读来仿佛感觉一位生活的长者给我们上了一课，自信的人才能够实现梦想，让我们一起努力吧，争取早日实现多年前我们给自己设立的目标，著名诗歌评论家穆一鱼对陈昂这首诗做如是评价。

作家陈昂：签名售书助梦圆 行善敢为天下先

在活动的现场，记者看到了本次活动的特邀嘉宾著名作家、诗人陈昂老师的身影，在现场他和孩子们玩自拍、开心畅谈，从孩子们和陈昂老师的笑容里，我们感受到了阳光与温暖。

活动结束后，在接受记者采访时，陈昂老师愉快地和大家分享了自己解读的公益情结，陈昂老师坦言，自己读书期间也遇到过交不起学费的时候，是在好心人的帮助下完成的学业，谈到"慈善"，陈昂老师告诉我们："做慈善不是施舍，慈善是一种态度，慈善是一种习惯，做慈善不仅仅是物质上给与和帮助，做慈善首先是对人要尊重，要站在需要帮扶对象的角度看待问题，要了解受助群里更多更深的需求。"

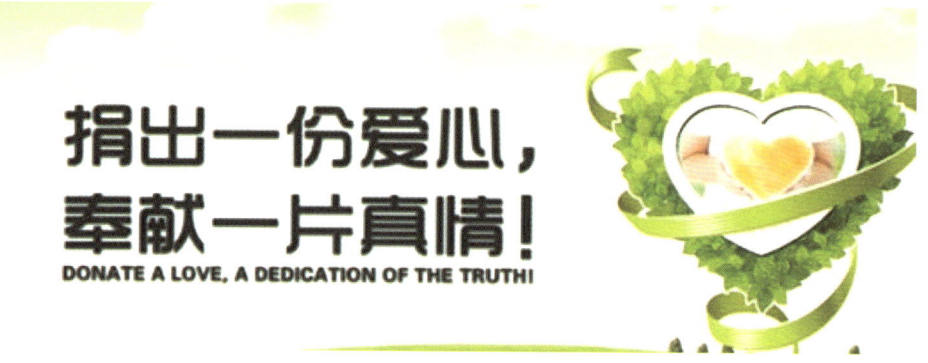

陈昂老师表示，做公益本身这个过程既有快乐也有无奈，会有很多让你很纠结的事情发生，会让你觉得特别地力不从心。但是当看到受助孩子们兴高采烈的笑脸，看到受助人群变化的时候会快乐，自己就会得到一种家人般的幸福感。

陈昂老师还表示"非常乐意在自己力所能及的范围内协助有关单位开展各类有意义、有价值的爱心公益活动"，公益重在实践，无论公益组织、还是媒体、公众，都需要行动的力量，只有行动才能让"公益"落地，只要有行动，这个社会就会多一份温暖，少一份冷漠。

"公益是一种习惯"，投身公益并非要等到积累起巨额财富，也不见得要具备多高的道德水准、多强的个人能力，公益实际上近在咫尺，只要我们关注公益，积极贡献自己力所能及的力量，我们有理由相信"明天会更好。"

当前位置：中国视窗 > 关注

2015年陈昂诗歌累计点击量突破20亿次

中国网-中国视窗 http://zgsc.china.com.cn | 发布时间2016-01-04 15:40:51

分享到：

2015年是陈昂诗歌创作的丰收年，这一年陈昂工作室采用"互联网+"的运作模式与多家知名文学网站、互联网平台合作，100首诗歌作品累计点击量突破20亿次，其中4首作品单篇点击量突破1亿次，《漫天飞雪的日子》点击量累计2.4亿次，《妈妈是佛安排在我们身边的菩萨》点击量累计1.8亿次，《要活就活得潇洒》点击量累计1.6亿次，《人生总有一段夜路要走》点击量累计1.1亿次。

陈昂是凭借其特有的创作视角和创作气质在现代诗歌领域立足的。陈昂1992年1月26日出生于山东滕州，良好的家庭文化氛围为陈昂提供了诗歌学习与创作的条件，陈昂5岁起开始学习创作诗歌，13岁出版第一本诗集《天涯》，2009年荣获"十佳诗人"提名奖，2011年荣获"人民诗人"荣誉称号，2012年获"闻一多诗歌奖"一等奖，同年应邀加入中国诗歌学会，2013年陈昂作品在海外开辟6家专栏，2014年9月陈昂作品《洪荒》《飞跃彩虹的勇士》《享受生命》先后选入中学语文课外读本，2014年12月荣登搜狐教育作家榜第二名，2015年3月陈昂诗歌作品《听太阳弹唱》荣登"中国新诗榜"榜首，2015年6月陈昂在北京成立"陈昂工作室"，2015年10月应邀录制CCTV央视科教频道中国诗词大会节目，2015年12月陈昂诗歌作品《曾经走过的山径》和《诗歌中的诗歌》被绣在"蜀绣"上作为国家领导人出访他国国礼。

《中国诗词大会》圆满收官获诗歌王子陈昂点赞

《中国诗词大会》是央视首档全民参与的诗词节目,节目以"赏中华诗词、寻文化基因、品生活之美"为基本宗旨,力求通过对诗词知识的比拼及赏析,带动全民重温那些曾经学过的古诗词,分享诗词之美,感受诗词之趣,从古人的智慧和情怀中汲取营养,涵养心灵。

当记者问及陈昂老师参与《中国诗词大会》全程录制时的最大感受是什么,陈昂老师告诉记者《中国诗词大会》是属于全球诗词爱好者的狂欢节,希望这样的好节目一直举办下去,也希望更多的诗词爱好者参与进来,共同感受中国诗歌的独特魅力,享受当代社会的诗意生活。另外陈昂老师提出希望今后录制《中国诗词大会》第二季的时候加入现代诗歌,并设置"诗歌原创"环节,给与参赛选手更多更大更全面的展示舞台。

《中国诗词大会》共10期,录制长达半年之久,陈昂老师告诉记者,参与《中国诗词大会》的录制收获更多的是感动和幸福。当记者问及陈昂老师印象最深的是哪位选手,他告诉记者印象最深的选手有三位"李尚荣、李子琳、殷怡航",李尚荣聪颖可爱,李子琳沉稳大气,殷怡航机智有趣,另外其他选手表现也很优秀,每个人都有自己的故事和特长。

在采访最后陈昂老师朗诵了为《中国诗词大会》创作的一首诗《诗与词的邂逅》"红豆是/南国的思念/诗与词的邂逅/相约在最美的地点/温度源于/唤醒记忆的瞬间/渴望一场远行/与诗词为伴。"当记者问陈昂老师会不会参与第二季《中国诗词大会》的录制,陈昂老师表示如果收到节目组的邀请自己还是很乐意参与第二季《中国诗词大会》录制的。《中国诗词大会》是全球诗词爱好者的狂欢节,相对于汉字和成语、谜语,中华诗词更是传统文化的瑰宝,在网络文化十分普及的今天,重温中华好诗词,感受传统文化魅力,有着不可替代的作用。

中国诗歌学会陈昂诗歌被称作春草派诗歌

陈昂，青年诗人、学者，春草派诗歌代表人物。现任CCTV《中国诗词大会》特邀嘉宾，闻一多诗社名誉社长，中国诗歌学会会员。诗歌作品先后译成英语、法语、俄语、日语、德语等十余种版本。享有"诗歌王子"之美誉，目前主要致力于新诗创作和中外新诗发展史研究，著有诗集《漫天飞雪的日子》《陈昂诗选》（上下册）《半面夕阳半面海》《春草集》等。

中国诗歌学会雷会长曾这样评价陈昂和他的诗歌："总感觉他的作品有一种气场，或静谧安详，或激情澎拜，陈昂拥有很强的文字驾驭功底，是个做学问的好材料，喜欢他的作品，不是因为独特，是源于灵魂的饥渴。"著名评论家大学教授郭文轩曾撰文评价春草派诗歌："'春草体'就我个人研究，我认为它并没有固定的写作格式，而是像李小龙创造的'截拳道'那样是一种方法，'春草体'的精髓在于词语的大胆运用，清新迷人的词眼被赋予生活的哲理、人生的感悟，让其更加丰实。不知各位读者还记得2012年陈昂获得第一名时创作的那首诗吗？'玉笋之笔舞香檀，徽墨轻研琵琶弹。一曲唱尽一曲新，春去秋来四月天。'在这首诗歌创作之初，多数人大为不解，甚至有人质疑丹青诗人陈昂诗歌创作水平，历史就是这样，往往经典在质疑中诞生，时隔一年有余，我们再回过头来分析这首诗，无不被其睿智诗理折服，'春去秋来四月天'也被称作佳句名篇，曾有著名诗词评论家评论此句与海子笔下的'面朝大海，春暖花开'有异曲同工之妙，现在看来也实有一比。"

陈昂：用最简单的语言写最美的诗篇

　　在当代诗坛上，陈昂是作为"春草派诗歌"和"当代浪漫诗人"的代表性诗人确立其诗歌地位的。朦胧诗、春草派诗歌、学院浪漫派、诗歌边缘化与商品化、新世纪诗歌的多元并存与自处，陈昂的诗歌创作是执着而纯粹的，不同于其他双栖或多栖的作家，诗歌是他18年来主要且根本的文学资本。

　　文学博士后杨义读完陈昂诗歌在一次学术交流会上这样说道："我最喜欢的诗人是李白，李白的诗歌最简单但最难写，李白是当之无愧的'诗仙'，读完李白的诗篇，再观历代后世作品皆如'鸡肋'食之无味弃之可惜，直到今日有幸读到陈昂的诗，久违的熟悉感来了，我感觉李白回来了，脱去唐服的李白西装革履，'时刻铭记内心的高度会让你越来越有风度'，陈昂是现代诗歌的真诗人，他的作品'真情怀''真智慧''真浪漫'，神奇的大自然孕育天然的诗人，陈昂的诗歌与李白的诗歌相得益彰，相比李白，陈昂在情怀的基础上多了些智慧与气度，若如称李白'诗仙'，陈昂则可称之为'诗贤'，就我个人而言，我感觉千年之后，在诗歌上陈昂的名气和成就必定高于李白。"

　　陈昂的诗歌源于生活，正如同他的追求：做生活的记录者，陈昂笔下的诗歌意境悠远，第一遍我们读到的是词句，第二遍我们读到的是故事，第三遍读到的是生活，陈昂的创作是走心的。陈昂诗歌的底层书写是一种民间视野下的底层关注，民间是对权力话语的消解，是先锋实验性和个人写作的独立性。关注和表现底层不一定非得要生活在底层，只要一个诗人的民间精神立场处于"在场"而不是缺席甚至对立，他对底层的关注就是有效的。细读陈昂的诗歌，我们不难看出诗人博大的悲悯情怀，对权力话语的强烈消解欲望，对弱小事物和底层民众的同情。更重要的是，陈昂的诗歌满满的正能量，关注群众面对现实，陈昂永远是微笑的幽默的一语惊醒梦中人，用诗歌为生活导航，满足大众的精神食粮，让广大群众在品读诗歌的同时增强自信，热爱生活，努力拼搏，为社会做出自己力所能及的贡献。

　　陈昂的诗歌有智慧、有内涵、有品位、有思想、有魅力，陈昂的作品大气独立，他不是在为自己写作，是在记录生活，作为诗人，陈昂用自己敏锐的洞察力睁眼看世界，正如《未富先老的社会生活》一诗中写到的那样："是谁给社会不切实际承诺，是谁的苦恼换来一场冷漠，我不敢想象老去的生活，没有勇气为明天奔波，选择沉默眼看错过，羡慕别人为梦高歌，社会未富人已老掉，该忘的记忆一点不少，能否让我人生美好，社会未老先富的感觉很妙。"这首诗歌写出了"社会未富人先老"的社会现象，通过内容我们不难看出诗人心系祖国普通大众，关心社会发展，表现了诗人对未来的期盼和希望自己的国家"人未老时生活先富裕起来"。

诗歌王子陈昂做客央视《中国诗词大会》

2016-02-22 10:48　来源：网络综合　作者：刘杰　分享

　　为贯彻落实习近平总书记系列重要讲话精神，弘扬中华优秀传统文化，国家语委与中央电视台再度合作，共同举办首届《中国诗词大会》。该节目通过对诗词知识的比拼及赏析，展现诗词之美与诗词之趣。据悉，《中国诗词大会》共10期，节目邀请南京师范大学教授郦波、中央民族大学副教授蒙曼、河南大学教授王立群和北京师范大学教授康震等观众喜爱的文化专家担任点评嘉宾，诗歌王子陈昂担任助阵嘉宾，节目由董卿主持，106位来自各行各业的选手，覆盖各年龄段，每个人都是带着对诗词的独特感悟来到赛场。

　　从汉字到成语再到诗词，央视对于传统语言文化方面的推广可谓是层层深入、不遗余力。更难得的是，这种从形式到内容的创新推广方式，真正实现了让中华优秀传统文化的继承与发扬有了全民基础。文化评论人表示："相较于成语，语言凝练、章法绵密、情感充沛、意象丰富的诗词更具有传递思想和抒发情感的功能，诗词中的情味意味韵味更是饱含汉语文字的特有魅力。"在文化传承的角度而言，对于传统诗词的继承和发展是刻不容缓的大事。

　　《中国诗词大会》节目制作组为提高节目收视率，从10万全国各行各业诗词爱好者中挑选106位诗词达人参与节目录制，并邀请观众喜爱的文化专家担任点评嘉宾，中国诗歌学会选派青年诗人陈昂担任助阵嘉宾，坐镇百人选手席，与参赛选手一同体验古典诗词的唯美神韵，中国古典诗词中既有"大江东去，浪淘尽，千古风流人物"的豪迈，亦有"雁字回时，月满西楼"的飘逸。

90后作家有望冲击2015年第十届中国作家富豪榜

90后作家苑氏兄弟、陈昂、张皓宸、卢思浩、吴大伟有望冲击2015年第十届作家富豪榜,临近年关,2015年第十届作家富豪榜发榜日期离我们越来越近,从上几届榜单来看80后作家已有多人登榜,那90后作家在今年的榜单中又会出现几人呢,经过调查走访,记者了解到90后作家苑氏兄弟、陈昂、张皓宸、吴大伟、卢思浩最有希望登上今年的作家富豪榜。

陈昂,青年诗人、学者,春草派诗歌代表人物,1992年1月26日出生于山东省滕州市。现任CCTV《中国诗词大会》特邀嘉宾,闻一多诗社名誉社长,中国诗歌学会会员。诗歌作品先后译成英语、法语、俄语、日语、德语等十余种版本。2012年荣获"闻一多诗歌奖",同年应邀加入中国诗歌学会,2014年诗歌作品《洪荒》选入中学语文课外读本,2015年《漫天飞雪的日子》点击量突破2亿次,全年诗歌点击量突破20亿次,2015年10月应中央电视台《中国诗词大会》节目组邀请参与节目录制,目前主要致力于新诗创作和中外新诗发展史研究,著有诗集《漫天飞雪的日子》《陈昂诗选》(上下册)《半面夕阳半面海》《春草集》《漂亮的人生敢于起航》等。

90后作家苑氏兄弟(苑子文、苑子豪)、陈昂、张皓宸、卢思浩、吴大伟是90后作家中的佼佼者,2015年他们凭着自己的努力和打拼在自己的文学事业上有了更大突破,他们6人今年版税都超过200万,有望冲击2015年第十届中国作家富豪榜,他们代表的是90后写作群体,如今90后作家大多数走在奔三的路上,他们日趋成熟稳重,逐渐成长为当今文学界的中坚力量。

当前位置： 中国视窗 > 综合资讯

诗歌王子陈昂妈妈写给儿子的一封信

　　近日，知名微信公众平台爆出诗歌王子妈妈孟桂青女士写给诗歌王子陈昂的一封信，内容朴实真挚，字里行间充满浓浓爱意。"大昂，一直以来妈妈总想和你说一说心里话，但总不知从何说起。我和你父亲相伴二十多年，特别欣赏他看书的痴迷。大昂，时间如流水，人生如果抓不到机遇，将会碌碌无为一生。世间什么都有，却没有后悔药。你父亲已经半百，妈妈也48岁。生活的好时光对我和你爸来说都寄托在你和你妹身上，希望你严格要求自己，成为你妹妹的榜样，你小妹一直很崇拜你写诗的灵气。有'灵气'是优点，你需要'恒心'磨炼自己。你现在正是风华正茂的年龄，一定要比别人多吃苦，才能成为人上人。"寥寥数语浓浓爱意跃然纸上又饱含深刻的道理。

　　人的一生都要接受三种教育：家庭教育、学校教育、社会教育。这三种教育对人们来说，就像是一座"综合加工厂"。缺少哪一道"工序"，都不可能培养出人格完善的人来。在这个"综合加工厂"中，家庭教育则是第一道"加工工序"，是给人们"打底色"的。

　　家庭是人们出生的场所。每个人都生活在一个特定的家庭，身上无不打上家庭的烙印。而且烙印非常深刻，会伴随人的一生。家庭对青少年儿童来说，就像是土壤，土壤肥沃，禾苗就会茁壮；土壤瘠薄，禾苗就孱弱。家庭对青少年儿童来说，也像是物理学上的"磁场"，生活在其中，就会不由自主地朝着家庭所期望的方向发展。家庭教育是"人之初"的教育，也是终身教育。家庭教育是人们接受教育的起始，也是延续时间最长的教育。

　　诗歌王子陈昂妈妈通过家书的形式教育陈昂立大志做大事是非常明智的有效教育方式。家书不仅是人们思亲寄情的纽带，还是中华民族传统文化的精神标识，真挚展现并传承着中国人心底最深沉的家国情怀。可以说，一封家信就是一个仪式，就是对家庭的一个承诺。

诗歌王子陈昂出版三部力作回复"陈昂现象"

2016年10月11日14:49　来源：中国网

2016年10月10日，陈昂工作室将《漫天飞雪的日子》《半面夕阳半面海》《漂亮的人生敢于起航》三部诗稿分别交付现代出版社和中国文联出版社出版发行，其中《半面夕阳半面海》2016年11月上旬上市，《漫天飞雪的日子》2017年元月上市，《漂亮的人生敢于起航》2017年3月开学季上市。

陈昂说，"我是个普通人，所以我能写出普通人喜欢的诗歌。真正的好诗，不是写给别人看的，而是内在菩提心的自然流露，这种境界最直接的显现就是让所有看到这首诗的人都感觉舒服。一日四餐是我给自己设定的目标，除去正常的一日三餐，我每日给自己加一餐，那便是读书。卡耐基告诉我们'真正的读书使瞌睡者醒来，给未定目标者选择适当的目标。正当的书籍指示人以正道，使其避免误入歧途'。写诗，需要丰富的学识和天赐的灵感，若想写出好诗，必要多读好书。"

陈昂的诗歌风靡中华大地，究其原因，我想是浮躁空虚的芸芸众生饥渴的心灵需要一弯清流滋润灌溉，烦躁不安的心正寻找一个清凉祥和的世界……写诗，首先要有超人的才情和天赋，这是诗歌流传的根本，陈昂的诗歌才情荡漾，通灵而有智慧，读后震撼心灵，让人热血沸腾，拍案叫绝。

陈昂的诗歌与众不同，他的诗歌没有固定的模式，类似李小龙的"截拳道"，内容决定形式，他是生活的记录者，灵感来了，他会随时随地记录下来，稍加整理便成诗歌。其实陈昂生活简简单单，清静悠闲，这就是他创作的精神源泉。"问渠那得清如许，为有源头活水来。"诗歌王子陈昂出生在微山湖畔，长期定居北京香山，得微湖香山之灵气。

百家论坛

诗歌王子陈昂

母亲节陈昂诗歌成热门话题

昨天是母亲节,一年只有这么一天,让那个上天派来爱我们、总是围着我们团团转、又总被我们忽视的最可爱的人,终于可以让我们目光停留、被我们围在中间、捧在手心……于是,这一天,我们的朋友圈被刷屏了,明星们的朋友圈也被刷屏了,谁也不会因此而感到厌烦。只是,说一声"妈妈我爱你",做一件让妈妈开心的事,不应只在昨天。

敬重母亲,弘扬母爱的母亲节,在中国已成为一个约定俗成的节日,每年五月的第二个星期日的母亲节已经成为一个公众必过的节日。随着母亲节成为公众的节日,国人也终于可以在这一天里,大大方方地表示对母亲的深厚感情。

本报记者查询母亲节的相关新闻时发现陈昂诗歌成为母亲节的热门话题,昨日陈昂首发诗歌《谁家妈妈不善良》一跃成为热门词条,这首诗也被网友誉为"母亲节最温馨的礼物"。陈昂是现代诗歌领域的典型代表,享有"诗歌王子"之美誉,2015年诗歌《漫天飞雪的日子》红遍大江南北,"下雪的时候一定要约喜欢的人出来走走因为一不小心就手牵手走到了白头"一句成为微信朋友圈热门话题。

去年母亲节诗歌王子陈昂创作的诗歌《妈妈是佛安排在我们身边的菩萨》红遍大江南北,转载量突破2.8亿次,"妈妈是佛/安排在我们身边的菩萨/从儿时的咿咿呀呀/经过调皮的如风年华/最后长成心中的那个她/我们都离不开菩萨/都需要妈妈/在妈妈的照顾下/我们学会了走路说话/我们明白了人世的情恨交加/我们懂得了太多/有了牵挂/也明白了不得不放下"。《妈妈是佛安排在我们身边的菩萨》一经发表感动了数以亿计的网民,"妈妈是佛安排在我们身边的菩萨"也成为2015年的热门词条。

今年母亲节诗歌王子陈昂在中国网首发《谁家妈妈不善良》(原诗:行驶的列车/拉长我与母亲的距离/熟悉的身影/消失在陌生的视线里/简单的对白掩饰彼此的不舍/假装的坚强又怎能骗得了自己/谁家妈妈不善良/每个母亲在儿女面前都很努力/她们吃饭是为了有奶水喂你/她们口中的不困是为了多陪陪你/谁家妈妈不善良/谁家妈妈不漂亮)一诗,在母亲节这一天给天下母亲送上了祝福。本网记者电话采访了诗歌王子陈昂,他告诉记者"母亲节,祝愿天下母亲健康平安、幸福吉祥,也祝愿自己和女友的母亲开心幸福、健康长寿、万事吉祥",诗歌王子陈昂告诉记者,天下的母亲都善良,都漂亮,自己创作这首诗歌的灵感主要来自于上次回老家母亲送他上车的刹那,那一刻,诗人满心的感怀,对母亲和老家非常留恋,客车开动的那一刻，诗歌王子陈昂挥笔写下了《谁家妈妈不善良》这首诗。

《谁家妈妈不善良》这首诗语言朴素，感情真挚，让人读来如一股暖流袭面而来，"简单的对白掩饰彼此的不舍，假装的坚强又怎能骗得了自己""她们吃饭是为了有奶水喂你，她们口中的不困是为了多陪陪你"，母亲的伟大岂是世间的词语能够描绘的，诗歌王子陈昂不刻意追求诗歌的艺术表达而是直接抒情，这种对母爱的歌颂让人动容。《妈妈是佛安排在我们身边的菩萨》将母爱具象化，刹那间母亲的慈眉善目、和蔼可亲的形象跃然纸上，谁家妈妈不善良，妈妈是佛安排在我们身边的菩萨，每位母亲在自己的子女面前都很努力，她们都在努力做最好的自己，她们对子女的爱是无私的、不求回报的，她们望子成龙、望女成凤，无怨无悔地为子女辛劳一生。

陈昂是中国诗歌留在人间的火种

如果说："诗人汪国真是中国诗歌与公众的最后一次相遇"，那么陈昂就是中国诗歌留在人间的火种。陈昂拥有90后的激情，超越90后的思想和智慧，陈昂诗歌优美情深、寓事明理，深受70、80后读者喜爱。

在这个不懂诗的时代，经济飞速发展，"文化荒漠"现象越来越严重，诗歌的处境越来越尴尬，诗人缺少成长的土壤和养料。诗歌是艺术，艺术源于生活而高于生活，21世纪是激烈竞争的世纪，科技快速发展，经济危机挥之不去，全民皆商的趋势像洪水一样吞噬人们的思想和生活，我们的生活被电脑、手机所占据，看看周边的同事要么一个人陶醉于某款游戏，要么煞费苦心地经营网店，微商就像做游戏，越来越多的人为此沉迷，每天忙碌生活带给我们的压力让我们来不及思考。

"诗人"这个词语在这样的大环境下多少显得有些无助和可笑，这个年代的"诗人"很难赢得尊重，很难经营自己的"诗歌生活"。陈昂1992年1月26日出生于山东省滕州市的一个农村家庭，20世纪80年代是新时期文学崛起的时代，1990年以后诗歌大势已去，零星的诗歌在文坛此起彼伏，陈昂出生在普通的知识分子家庭，父亲在当地文化部门工作，母亲经营一家超市，祖父叔伯都是文学爱好者，陈昂的生活环境文化氛围浓厚，加之父亲重视教育，陈昂比其他孩子更早地走进了文学的世界，用陈昂自己的话来说就是"自己是听着妈妈讲安徒生童话，背着南唐后主李煜的词长大的"。网络时代的到来，成就了陈昂的诗歌，时至今日，网络舆论对陈昂的诗歌依旧褒贬不一，不懂诗的读者说陈昂的诗歌牵强古怪，懂诗的读者说陈昂的诗歌精彩连绵、意境幽远、读来心头阵阵快感。陈昂的诗歌源于生活，正如同他的追求：做生活的记录者，陈昂笔下的诗歌意境幽远，第一遍我们读到的是词句，第二遍我们读到的是故事，第三遍读到的是生活。

陈昂给自己起的字是春草，号三不、元亨，昂有仰、高抬的意思，与之对应的诗句是《乐府诗集》中的"柳树得春风，一低复一昂"。由此而思可取"春柳"为字，但陈昂生性谦和，希望自己像小草一样平凡但不平庸，故取"春草"二字，以此提醒自己在诗歌创作上要拥有顽强的生命力，要经的起岁月和时间得考量。"元亨"出自《易经》中的元亨利贞，"三不"的寓意是"不显、不争、不露"。陈昂1996年开始诗歌创作，2003年在当地报刊发表《56字抗非典》标志着陈昂诗歌创作的第一个十年基本成型，回顾2007年以前的作品，我们熟知的句子有："时刻铭记内心的高度会让你越来越有风度"和"没有文字的文章，只有旋律在飘荡"和"昼行千米路，夜读半寸书"，这类作品洋溢着青春的气息，表现了少年陈昂的思想智慧和心灵高度，陈昂创作的第一个十年我们看到了一个鸿蒙初开的少年对诗歌的热爱与灵性，这一现象和成就在中国诗歌史上是极为少见的。陈昂创作的第二个十年是2008年开始的，这一时期正是陈昂的成名期，这一时期陈昂创作了许多脍炙人口的诗篇佳作，例如我们熟知的《洪荒》《曾几何时》《有思想的乞丐》《天才说》《给灵魂加一克重量》《把寂寞锁进抽屉》《听太阳弹唱》等，这一时期的创作相对于第一个十年而言，思想哲理性更强，既有对爱情的执着与豪放，也有对人生的思考与畅想，《洪荒》一诗仿佛一位哲人与大自然的对话，《有思想的乞丐》朴实地表达了诗人对社会的认知和感慨，《把寂寞锁进抽屉》一诗中"平凡的生活，天才的快乐"爆红网络，这一时期，被广泛传播的诗句有："重要的人越来越少，留下的越来越重要"和"你不停地提及，想让我忘记，却帮我回忆"和"装出来的无所谓实际是一种撕心裂肺"和"生活可大可小"和"生活就是编造明天的故事，讲述今天的辛酸"和"现实社会的荒唐，佛被逼得像女人一样化妆"。陈昂第二个十年爱情作品取得了很大成就，创作出了许多大众喜爱的爱情宣言，如"不解风情的女子，怎知骚客的心理，漫无目地的游戏，迷失的只有自己"和"没有背景的爱恋，徒有背影的孤单"和"女人结婚后流的每一滴泪都是热恋时脑子进的水"和"即使只有一米的光亮，我宁愿抛弃水中的月亮，拥抱心灵的太阳"和"如果爱情装睡，不如姑且加上一床棉被，即便装睡，也睡得别有滋味"等，这些诗句成为了大学校园生活的QQ签名、陌陌的交友宣言。

陈昂的诗歌最富争议的是《佛的白发》。原诗如下【在沙漠里，捡拾自己的白发，用热沙，轻揉自己的脚丫，大自然的风雨交加，用沉默回答，一个往昔的神话，一个贫穷的僧家。】本诗一经发表引发网友热议，有些人提出佛主和僧侣哪来的头发？还有人提出对本诗的意境不解，对此陈昂没有理会，陈昂在自己的微博以"与诗歌对话

《我想,佛主当初一定不是剃光了头发,而是在沙漠中捡拾自己的白发》"为题发表了一篇短文,原文如下【佛在心中我自成佛,佛也好神也罢,不过是芸芸众生的心灵世界的一种寄托,历史是最公平的裁判,认知需要时间,世上最难的莫过于自我涵养,管住自己,多数人好逸恶劳,满腹牢骚,又怎能像佛一样有说有笑。"内格"是枯燥的,但是最有收获的,过度的"外求"膨胀的是躯壳、私欲,静心"内格"得到的是人格升华,"苦行僧"少之又少,源于多数人安于享乐,这正是"泼妇骂街"一气呵成,而在"做学问"上冥思苦想,举步维艰的真正原因。儒家孔子曾言:"吾十五而有志于学,三十而立,四十而不惑,五十而知天命,六十而耳顺,七十而从心随欲,不逾矩。"《西游记》也通过唐僧西天取经的故事演绎了成佛所需要的经历,也就是所谓的"修行"。试想:茫茫沙漠里,一个苦行僧,从青年到老年吃斋念佛,自我修行,火毒的太阳晒着黄沙,常人是无法赤脚行走的,而苦行僧却能够通过心态的调整去享受能将脚丫烫熟的沙子,自然界风雨交加,人世间又何尝不是万千变化,谁能够一生一帆风顺,在遇到困难时,我们是满腹牢骚,抱怨客观,迁怒他人,还是自我反思,用坚毅、沉默去承担生活的压力,大繁至简,不要自己被困难吓倒,苦行僧可以说现实生活已不多见,苦行僧的精神也渐渐成为往昔的神话,现在我们看到的是佛的光鲜照人,又有几人能够了解他们成佛的过程,是谁将他们神话,又为何将他们神话,他们不过是贫穷的僧人。中国的僧人难道生下来就没有头发?他们有没有青丝变白发的可能呢?是谁剃光了僧人的头发,为什么要剃光僧人的头发,剃光头发就是僧人吗?有些人是神话,有些人是笑话,我想,佛主当初一定不是剃光了头发,而是在沙漠中捡拾自己的白发,后世的僧人是自己剃光头发,却终究难以创造成佛的神话。】该文一经发表,影响巨大,很多读者读后拍手称奇,这让我们无意间联想到2012年陈昂的获奖作品《抒情》"玉笋之笔舞香檀,徽墨轻研琵琶弹。一曲唱尽一曲新,春去秋来四月天。"当时这首诗也引起了诗坛的大讨论,在经过激烈的讨论论证之后,该诗被读者称作可与诗人海子"面朝大海春暖花开"相媲美的姊妹篇。有讨论才有价值,认知是需要时间的,写到这里,我想到在采访诗人陈昂时回应记者的一句话:"诗人这个世纪遭遇的冷漠是为了赢得下个世纪的喝彩",这是一种胸襟,更是文人对文学的那份执着与自信。

尼采说:"我们飞翔得越高,我们在那些不能飞翔的人眼中的形象越是渺小",陈昂诗歌是学术性诗歌,值得我们尊重和学习的是陈昂既不是为了写诗而写诗,也不是想要写诗就写诗,陈昂热爱阅读,博览群书,具有深厚的文字功底和文学底蕴,从第一次诗坛"春草运动"(诗歌创作改良运动)到大学毕业后陈昂发起的第二次"春草运动"我们不难看出,陈昂不仅会写诗、能写诗,而且能够带动大家写诗。

陈昂的现代诗歌取得了很高的艺术成就,同样古体诗歌也毫不逊色,陈昂创作的《江北水城天上客》是一典型,(内容如下:吾本天上客,怎奈惹凡尘。太古多思绪,胁肩谄笑人。鸿钧有三徒,性情阐截分。名利煞风景,皆为仙家臣。管窥天蠡海,答客难苏秦。曾经沧海情,陈陈相因深。却扫杜门庭,玄黄蒲团真。先邀姜飞熊,后封周郎神。)全诗80个字引用了"胁肩谄笑、管窥蠡海、曾经沧海、陈陈相因、杜门却扫"5个成语,并暗含了"仙女下凡尘、盘古开天、封神榜、答客难、道家三观、太公垂钓、三国周郎"7个典故,更为经典的是"名利煞风景,皆为仙家臣"这一句,这一句体现了诗人陈昂博览群书、学贯古今的本领,封神榜里:"仙神不是一个等级,仙人比神高一个等级",这属于比较冷的知识点。有学者对这首诗给出了如下评价:"短短一首80字的小诗不仅流畅连贯、意义深远,而且暗含寓意、哲思后人,又不失文人的铁骨风流,让许多名家着实钦佩、自愧不如。"除此之外,其古体诗"昔日红颜今憔悴,不是天凉是衣薄"也博得了众多读者的喜爱,看到自己的昔日恋人如今由于生活的压力变得憔悴不堪,自己内心很悲凉,这种感觉在寒冬尤为明显,寒风的侵袭让此景更添悲凉滋味,可诗人却说不是因为天凉是衣服穿得少的原因,看似不合理的解释此情此景下显得理所当然,将本诗的感情表达上升到新的高度,"衣薄"二字刻画了诗人可爱的倔强,场景活灵活现,生动异常。

曾有学者称:"诗人汪国真是中国诗歌与公众的最后一次相遇",读完陈昂的诗歌我想在后面加上一句"诗人陈昂是中国诗歌留在人间的火种",在这个缺少诗人的年代陈昂像一颗火种,点燃了人们对诗歌的热爱,这个火种拥有顽强的诗歌生命力,有学者评价陈昂是"人民诗人",我感觉这一评价是对陈昂在中国现代诗歌领域所做贡献的肯定与褒奖。当记者问及陈昂对诗歌和诗人理解时,陈昂告诉我们"诗歌是生活与灵魂交叉的一个瞬间,诗人是诗歌留给生活的誓言",陈昂坦言自己不喜欢"神经诗人",也不喜欢别人把"神经病""特立独行"等一些片面的言辞用在诗人身上,陈昂说:"我的世界里,诗人是阳光的、智慧的、健康的、幽默的,像智者一样赠与生活'锦囊',在充满欢乐的日子里,吃饭、学习、睡觉,简简单单,快快乐乐,诗人是健康的,包括健康的身体、健康的思想,诗人最主要的就是思想,诗人一定要有自己的思维,有自己的判断力,在写作的过程中,要注意分辨,做生活的记录者。"

诗歌王子陈昂六一儿童节做客北京《青年诗刊》

2016年6月1日,当红青年诗人诗歌王子陈昂应邀来到北京《青年诗刊》杂志社,在六一儿童节这天给全国读者送祝福。诗歌王子陈昂通过《青年诗刊》网络视频空间连线全国34个省市自治区的读者朋友,分享自己为六一儿童节创作的新诗《童年的梦很长很长》,本次连线时长20分钟,诗歌王子陈昂亲自朗诵了自己的三首原创诗歌。

陈昂是中国优秀青年诗人,享有"诗歌王子"之美誉,去年,陈昂的诗歌点击量累计突破22亿次,"下雪的时候/一定要约喜欢的人出来走走/因为一不小心就手牵手/走到了白头"一句荣登多家媒体杂志头条。说到"诗歌王子陈昂"这一称号最早是由诗人雷抒雁提出的,2008年的全国性诗歌大赛雷抒雁写给组委会的推荐词首次提出"诗歌王子陈昂"这一称号,随后各大媒体对陈昂的报道中多次以"诗歌王子陈昂"作为标题用语,时至今日,"诗歌王子陈昂"这一称号已深入人心。

今年六一儿童节,北京《青年诗刊》杂志社应广大读者要求精心策划了"诗歌王子陈昂视频联系读者"系列活动,这一活动的开展有利于读者更好地与诗人互动,通过科技平台远隔千里的诗歌王子陈昂一下子来到我们身边,与我们倾心交流,这是一件多么幸福的事情啊。

每个人小时候都有一个深埋心底的梦想,"我要做医生、我要做科学家、我要做一名人民教师、我要当明星"等,一个个纯真的梦想伴随着我们的童年,成年后,我们发现我们一直在为童年的梦想奋斗,童年的梦很长很长。诗歌王子陈昂创作的这首抒情小诗,节奏轻快、极富哲理,开篇写到不要在阴天寻找太阳,暴雨过后大自然自会还给我们一片晴朗的天空,这三句小诗很简单,但意蕴深厚,作者处理得非常巧妙。我们每个人都一丝不挂地来到这个世界上,从出生那一刻上帝就告诉我们,你的人生只有你,你要靠自己的努力养活自己,没有人会一直陪着我们哭和笑,我们与大自然相比很渺小,但在适合的位置上作用却不小,一缕光与太阳的万丈光芒相比显得黯然,一缕光如若打入井底,对井底的人来说无疑它相当于一轮太阳,我们每个人都要坚强,都要学会自我鼓励,我们不要过多地依赖他人,哪怕生养我们的父母和我们的至亲妻儿,因为没有人会和你一起来去,即使你有个孪生兄弟,你们也会有各自的生活,当一方离去的时候,另一方也只能报以忧伤的眼神和泪水,因此我们应该做个坚强自立的人。

世界上有的人成功，有的人失败，但关键因素在于你敢不敢想，你有没有去思考。诗歌王子陈昂的《童年的梦很长很长》让我们受益匪浅，读来仿佛感觉一位生活的长者给我们上了一课，自信的人才能够实现梦想，让我们一起努力吧，争取早日实现多年前我们给自己设立的目标，著名诗歌评论家穆一鱼对陈昂这首诗做如是评价。

陈昂"六一儿童节讲话"部分摘录如下：

大家好！我是你们的老朋友陈昂，今天是六一儿童节，祝所有的大朋友和小朋友，开开心心工作，幸幸福福生活，希望大家保持一颗童心，永远健康快乐。昨天杂志社邀请我为六一儿童节作首诗，这个小小的要求一下子把我拉回了童年，我想到了自己小时候的点点滴滴，顿时思绪万千，我们每一个人都要成长，我们终要长大，在我们成年后，我们会发现童年是一个很长很长的梦，我们一生都在为这个梦努力奋斗。当我们步入社会，经历越多越会发现，我们自己才是生活的主角，没有人会一直陪着我们哭和笑，身边的任何风景都是不断变化的，只有我们自己未曾改变却一路成长，每个人的梦想最终都要靠每个人自己实现，面对未来，只要我们不放弃就有希望！

作家陈昂：签名售书助梦圆 行善敢为天下先

2015年9月1日，由春蕾公益组织的"关注留守儿童梦圆开学季"活动在济南市上佳俱乐部顺利举行。此次活动的主要内容是在开学之际，拍卖社会各界捐助的"爱心助学物资"，为留守儿童、贫困家庭的孩子们举办一场别开生面的开学联欢会，此次活动还得到了"爱的力量"公益组织自愿者们的积极参与。

在活动的现场，记者看到了本次活动的特邀嘉宾著名作家、诗人陈昂老师的身影，在现场他和孩子们玩自拍、开心畅谈，从孩子们和陈昂老师的笑容里，我们感受到了阳光与温暖。

活动结束后，在接受记者采访时，陈昂老师愉快地和大家分享了自己解读的公益情结，陈昂老师坦言，自己读书期间也遇到过交不起学费的时候，是在好心人的帮助下完成的学业，谈到"慈善"，陈昂老师告诉我们："做慈善不是施舍，慈善是一种态度，慈善是一种习惯，做慈善不仅仅是物质上给与和帮助，做慈善首先是对人要尊重，要站在需要帮扶对象的角度看待问题，要了解受助群里更多更深的需求。"

陈昂老师表示，做公益本身这个过程既有快乐也有无奈，会有很多让你很纠结的事情发生，会让你觉得特别地力不从心。但是当看到受助孩子们兴高采烈的笑脸，看到受助人群变化的时候会快乐，自己就会得到一种家人般的幸福感。

陈昂老师还表示"非常乐意在自己力所能及的范围内协助有关单位开展各类有意义、有价值的爱心公益活动"，公益重在实践，无论公益组织，还是媒体、公众，都需要行动的力量，只有行动才能让"公益"落地，只要有行动，这个社会就会多一份温暖，少一份冷漠。

在采访完陈昂老师，我们随后采访了随行的陈昂工作室负责人张静静，张静静告诉我们，在收到春蕾公益组织的"关注留守儿童梦圆开学季"活动邀请函后，陈昂老师表示愿意捐献200本新诗集《春草四部曲》，并亲自赶赴活动现场签名售书，帮助广大留守儿童和贫困家庭的孩子实现上学的梦想。张静静还告诉我们，陈昂老师非常热心公益活动，在她的印象里，陈昂老师没有拒绝过一次公益活动的邀请，作为陈昂工作室的负责人，张静静告诉我们，今后陈昂工作室将一如既往的支持社会公益组织开展公益活动。

"公益是一种习惯"，投身公益并非要等到积累起巨额财富，也不见得要具备多高的道德水准、多强的个人能力，公益实际上近在咫尺，只要我们关注公益，积极贡献自己力所能及的力量，我们有理由相信："明天会更好。"

2015年陈昂诗歌累计点击量突破20亿次

2015年是陈昂诗歌创作的丰收年，这一年陈昂工作室采用"互联网+"的运作模式与多家知名文学网站、互联网平台合作，100首诗歌作品累计点击量突破20亿次，其中4首作品单篇点击量突破1亿次，《漫天飞雪的日子》点击量累计2.4亿次，《妈妈是佛安排在我们身边的菩萨》点击量累计1.8亿次，《要活就活得潇洒》点击量累计1.6亿次，《人生总有一段夜路要走》点击量累计1.1亿次。

诗歌作品

《最美的不在眼里而在心上》我从不期待谁能够把我照亮 / 我甘愿做自己的太阳 / 无论现实怎样 / 都要呵护梦想 / 我渴望自己像树木一样 / 让鸟儿在我身上歌唱 / 我从不羡慕别人 / 也从不荒唐的想象 / 我深信最美的事物 / 不在眼里 / 而在心上

《幸福是一座可以攀登的山》幸福是一座高耸入云的山 / 每个人从出生的那一刻 / 都在拼了命地登攀 / 无论此刻你在 / 山的哪个位置低头看 / 都会有无数双 / 渴望和羡慕的眼 / 生活绝没有 / 想象中那么简单 / 也没有失败者口中 / 描述的那样不堪 / 或许幸福在山头 / 走到山腰的我们 / 暂时没有看见 / 但请相信 / 此刻你脚下的人 / 身上长了一双羡慕你的眼

《人生总有一段夜路要走》人生 / 总要走一段夜路 / 或许战战兢兢 / 或许相对轻松 / 有的人走过夜路就是黎明 / 有的人从此消失得无影无踪 / 天有时阴来有时晴 / 你赶上哪种天气 / 要看平日里你的修行

《美好的往事像风铃一般》擦肩而过的瞬间 / 多少有些遗憾 / 注定不会相见 / 又何必问姓名籍贯 / 留一丝心动 / 去治疗情感的失眠 / 河流总有断水的一天 / 世上没有永不老去的容颜 / 邂逅只能是一瞬间 / 明明清楚美好的往事像风铃一般 / 却感到阵阵心酸

《我们一起回家吧,月亮》今夜我一个人 / 悄悄地爬上了山岗 / 对着家的方向 / 静静地瞭望 / 今夜我一个人 / 悄悄地爬上了山岗 / 靠在我们约会的树旁 / 把筛了又筛的回忆珍藏 / 今夜我一个人 / 贪婪地欣赏月光 / 看着星星一颗颗地消隐 / 我看到了黎明的曙光 / 我偷偷地告诉你 / 我们一起回家吧 / 月亮

《谁说盲人的世界没有太阳》我不止一次地表态 / 我需要光 / 无论是来自太阳还是月亮 / 我不止一次地谈论爱情 / 无论是分享还是想象 / 我都会随着故事开心或着忧伤 / 谁说盲人的世界里没有太阳 / 闭上眼睛 / 我们依然知道日出的地方 / 能抓住的是阳光 / 抓不住的是太阳 / 此刻 / 我伸手抱着它 / 它一定是温暖的 / 像你曾经抱着我一样

《爱情里的低头和碰头》我深信相爱的人 / 每次言语不和的转身 / 都会碰头 / 因为嘴上说着离去 / 却悄悄地跟在彼此的身后 / 如若看着对方远走 / 都会情不自禁地低头 / 下一刻相遇 / 都会若无其事地环顾左右

《一片绿叶就是春的衣裳》我选择四处飞翔 / 带着最单纯的愿望 / 行走在异乡的街道上 / 内心多少有些彷徨 / 生活原本这样 / 只要内心足够坚强 / 一片绿叶就是春的衣裳 / 夜晚的风很凉 / 对着家的方向看月亮 / 像个调皮的姑娘

《一挥手山花烂漫》今世我想把人世间 / 所有的路走遍 / 一挥手 / 山花烂漫 / 席

地而坐／打开羊皮卷／用最美的语言／记录最美的诗篇

《那是一棵春天的小草》那是一棵春天的小草／在寒风凛冽的冬天／它依然不眠／盎然的生机是对大自然的挑战／那是一棵春天的小草／虽然缺少蝴蝶的伴舞／却依旧迎风招展／小草微笑的眉宇间／正是我们期盼已久的春天

《要活就活得潇洒》你羡慕他的功成名就／他羡慕你的大好韶华／每个人的一生／都在自己的风景里扬鞭策马／只要足够潇洒／坐在马背上就能畅游天下／你欣赏他人的一日千里／却忽略了胯下的汗血宝马／人生之所以不幸／是因为在自我的悲剧里／编写他人的神话

《站在地球上看风景》站在地球上看风景／我需要一双怎样的眼睛／白天有白天的阳光／夜晚有夜晚的星星／脚踩着大地的土壤／心想着天空的雄鹰／站在地球上看风景／我需要一双怎样的眼睛／昨日有昨日的故事／明日有明日的电影／站在地球上的我们／却看不见整个地球的风景

《黑暗里没有影子》当乌云来临的时候／注定是个糟糕的天气／当黑暗来临的时候／连影子也会离开你／生活中／没有什么困难能够打败勇气／既然选择了扬眉吐气／就不要唉声叹气地对待自己／再长的黑夜也会过去／从你用自信点燃蜡烛那一刻起／你的影子就不离不弃地陪伴着你

《中国诗词大会》圆满收官获诗歌王子陈昂点赞

最近两个月，文化节目《中国诗词大会》成为收视黑马，霸占了各大综艺榜榜首，娱乐当道，2016年的《中国诗词大会》为何能这么火？记者采访了《中国诗词大会》助阵嘉宾诗歌王子陈昂。

2015年陈昂因诗歌《漫天飞雪的日子》里的名句"下雪的时候／一定要约喜欢的人出来走走／因为一不小心就手牵手／走到了白头"点击量过亿红遍大江南北。作为现代诗歌领域的当红诗人陈昂为首届《中国诗词大会》点赞意义非凡，陈昂老师以现代诗人的身份亲临现场参与节目录制，感受节目录制现场的诗意氛围。

《中国诗词大会》是央视首档全民参与的诗词节目，节目以"赏中华诗词、寻文化基因、品生活之美"为基本宗旨，力求通过对诗词知识的比拼及赏析，带动全民重温那些曾经学过的古诗词，分享诗词之美，感受诗词之趣，从古人的智慧和情怀中汲取营养，涵养心灵。

当记者问及陈昂老师参与《中国诗词大会》全程录制时的最大感受是什么，陈昂老师告诉记者《中国诗词大会》是属于全球诗词爱好者的狂欢节，希望这样的好节目一直举办下去，也希望更多的诗词爱好者参与进来，共同感受中国诗歌的独特魅力，享受当代社会的诗意生活。另外陈昂老师提出希望今后录制《中国诗词大会》第二季的时候加入现代诗歌，并设置"诗歌原创"环节，给与参赛选手更多更大更全面的展示舞台。

诗歌是一种抒情言志的文学体裁。中国古代不合乐的称为诗，合乐的称为歌，现代一般统称为诗歌。当今社会娱乐当道，诗歌发展相对缓慢，缺乏引领时代诗风的大诗人，现代诗歌时至今日不过百年时间，在发展中先后涌现出一批深受读者喜爱的诗人，这其中包括徐志摩、海子、汪国真等人。现代诗歌发展至今出现陈昂老师这样标志性的诗人是必然的，陈昂老师青春、阳光、健康、有激情、有智慧、有思想，他的诗歌作品语言通俗易懂，极富哲理，给读者以思想上的启迪和灵魂上的洗礼。

陈昂5岁开始学习诗歌创作，22岁加入中国诗歌学会，写有大量脍炙人口的经典诗句，例如"满池荷花／只有一枝没有绽放／它要开给心仪的姑娘"（出自《鱼在水里飞翔》）；"鹅的从容缘于脚下的拼搏／昂首高歌的景色／有几人留意未曾停歇的／红掌清波"（出自《大鹅的哲学》）；"生活有一双翅膀／一个飞往黑夜／一个飞往黎明"（出自《从黑夜飞往黎明》）；"既然来到世界上／就注定有孤独质疑和彷徨／即便遍体鳞伤那又何妨／只要敢于起航／就能活出漂亮"（出自《漂亮的人生敢于起航》）。

陈昂享有"诗歌王子"之美誉，说到"诗歌王子陈昂"这一称号最早是由雷抒雁提出的，2008年雷抒雁首次提出"诗歌王子陈昂"这一称号，随后各大媒体对陈昂的报道中多次以"诗歌王子陈昂"作为标题用语，时至今日，"诗歌王子陈昂"这一称号已深入人心。

《中国诗词大会》共10期，录制长达半年之久，陈昂老师告诉记者，参与《中国诗词大会》的录制收获更多的是感动和幸福。当记者问及陈昂老师印象最深的是哪位选手，他告诉记者印象最深的选手有三位"李尚荣、李子琳、殷怡航"，李尚荣聪颖可爱，李子琳沉稳大气，殷怡航机智有趣，另外其他选手表现也很优秀，每个人都有自己的故事和特长。

在采访最后陈昂老师朗诵了为《中国诗词大会》创作的一首诗《诗与词的邂逅》"红豆是／南国的思念／诗与词的邂逅／相约在最美的地点／温度源于／唤醒记忆的瞬间／渴望一场远行／与诗词为伴。"当记者问陈昂老师会不会参与第二季《中国诗词大会》的录制，陈昂老师表示如果收到节目组的邀请自己还是很乐意参与第二季《中国诗词大会》录制的。《中国诗词大会》是全球诗词爱好者的狂欢节，相对于汉字和成语、谜语，中华诗词更是传统文化的瑰宝，在网络文化十分普及的今天，重温中华好诗词，感受传统文化魅力，有着不可替代的作用。

高考突击：陈昂诗歌中的作文素材和经典名句

《曾几何时》
重要的人越来越少／留下的越来越重要

《爱情装睡》
装出来的无所谓／实际是一种撕心裂肺

《黑暗里没有影子》
当黑暗来临的时候／连影子也会离开你

《匆匆而过的是眼前》
永远究竟有多远／永远短到很多人看不见

《从黑夜飞往黎明》
生活有一双翅膀／一个飞往黑夜／一个飞往黎明

《欲望是梦想的催化剂》
女人结婚后流的每一滴泪／都是热恋时脑子进的水

《要活就活得潇洒》
人生之所以不幸／是因为在自我的悲剧里／编写他人的神话

《童年的梦很长很长》
不要在满天乌云的时候寻找太阳 / 暴雨过后 / 天空自会还你一个晴朗

《是不是有趣的人生像喜剧》
人长不过执念短不过善变 / 赢得空间输掉时间 / 回头的瞬间总能看到遗憾

《一万年后》
一万年后的远游 / 寻觅出水彩莲的娇羞 / 你的嘴和语言 / 是我今世的模样和忧愁

《漫天飞雪的日子》
下雪的时候一定要约喜欢的人 / 出来走走 / 因为一不小心就手牵手 / 走到了白头

社会评价：

陈昂的作品匠心独运，诗人对诗歌理论的研究让他对技艺掌握的娴熟精准。他的作品善于发掘人类更为内在和隐秘的情感，以揭示时代本质的特征，他的作品在抒情方面总能将个人情感上升到一个普遍的高度。

——人民网

陈昂的诗歌语言既干净又丰富，他重视诗歌语言这门学科的研究。他的写作源于生活，又服务于生活，正如他自己所说的做生活的记录者，诗人的作品生活性与艺术性兼具。

——中国作家网

陈昂的诗歌作品极富思想性和哲理性，灵动而充实，朴实而深刻，给人以思想的启迪，让人幽默地享受生活分享欢乐。

——腾讯读书

诗歌王子陈昂：诗人要学会用诗歌记录生活

为期一周的"中国作家讲堂"在中南大学国际报告厅举行。诗人陈昂以《诗人要学会用诗歌记录生活》为题，详细讲述了当代中国诗歌内外的文化现象，并强调"诗人应该是阳光的、智慧的、敏锐的、幽默的。不会因为社会稍有昏暗而失去希望，也不会因为辉煌而放弃了忧患，诗歌是纯洁的、神圣的，绝不能靠创作诗歌炒作个人，更不能投机取巧，打着文学的幌子搞经济"，来自全国各地的文学爱好者及中南大学、湖南大学、湖南师大师生共2000余人参加。

陈昂讲到"中国文化底蕴深厚，诗人在创作诗歌作品时要有中国气魄和中国精神"，中国气魄指的是创作要具有中华民族特色，要符合时代发展要求，要杜绝三俗，要为时代放歌，为人民代言。一名合格的诗人理应去关注国家发展与人民心声，为人民代言，站在人民的立场上创作，弘扬传统文化，引领时代风尚。

陈昂以一名诗人的创作经验，指出作家、诗人及文艺创作者应"艰苦奋斗做学问，融入群众搞创作"，要以低姿态去理解和关心普通层面的人民生存状态，诗人要以强烈的社会责任感和使命感，真实记录社会发展过程中与人民群众生活和命运息息相关的重大事件，诗人必须秉持人民立场，走群众路线，从群众中来到群众中去，对人民群众的伟大历史实践的予以理解和支持，并以文学形式记录，记录人民群众创造的一砖一瓦、一草一木，珍惜人民群众的劳动成果。

陈昂讲到"我印象里的诗人应该是阳光的、智慧的、敏锐的、幽默的。不会因为社会稍有昏暗而失去希望，也不会因为辉煌而放弃了忧患，诗歌是纯洁的、神圣的，绝不能靠创作诗歌炒作个人，更不能投机取巧，打着文学的幌子搞经济，真正的诗人要为人民谏言、为时代讴歌"。诗人要学会用诗歌记录生活，做生活的记录者，做人民的代言人，专心创作，艰苦奋斗做学问，传承好民族传统文化。

国内一些大学常邀请陈昂去做报告，他最喜欢讲的就是"诗人要学会用诗歌记录生活"，这也是他一贯的做法。他说："中国文化底蕴深厚，诗人在创作诗歌作品时要有中国气魄和中国精神。中国气魄指的就是创作要具有中华民族特色，要符合时代发展要求，要杜绝'三俗'，要为时代放歌，为人民代言，永远站在人民的立场上创作，弘扬传统文化，引领时代风尚。"他还说："诗人应该是阳光的、智慧的、敏锐的、幽默的。不会因为社会稍有昏暗而失去希望，也不会因为辉煌而放弃了忧患，诗歌是纯洁的、神圣的，绝不能靠创作诗歌炒作个人，更不能投机取巧，打着文学的幌子搞经济。

一场大雪让滕州诗人陈昂蹿红网络

"下雪的时候一定要约心爱的人出来走走,因为一不小心就手牵手,走到了白头。"一场大雪让这两句诗风靡微信、微博、贴吧等网络媒体,赢得了千千万万网民的感动与赞叹。人人可见的场景,最寻常的语言,道出了最深情的承诺。这么美的诗句出自谁手?作者就是我们滕州人陈昂,一个正在全国走红的90后青年诗人。11月25日晚,记者通过微博采访了他。

"下雪的时候一定要约心爱的人出来走走,因为一不小心就手牵手,走到了白头",这两句诗出自陈昂2009年创作的现代诗《漫天飞雪的日子》,原诗为:"漫天飞雪的日子/一定要约喜欢的人/出来走走/从村子的这头/走到那头/回家后/发现彼此/一不小心就手牵手/走到了白头。漫天飞雪的日子/一定要约喜欢的人/出来走走/大手拉着小手/紧贴彼此的胸口/这么美的景色/世界上没有人会看够。"

写这首诗时,陈昂才17岁,那一年下大雪,在雪花飞舞的街头,他忽然看到了一对情侣手牵手、肩靠肩迎面走来,满头白雪。他一眼看见下雪天这最为寻常的画面,竟然在刹那间被感动了,目视着情侣雪中远去,他的眼睛湿润了,眼前一片朦胧。回到住处,他挥笔写下《漫天飞雪的日子》。"真没想到,6年前的诗句会因为大雪而走红",陈昂感慨道。

常年在外,陈昂十分想念家乡。他在《微湖湿地的痴呓》中写道:在漆黑的夜里/打开窗户/对着家的方向痴呓/多想在家乡的红荷湿地/陪陪另一个自己/把心交给大地/自由自在地呼吸……一个人在微山湖畔/坐着自制的小船/看着头顶的蓝天/才发现只有家乡百看不厌/放下一切难得半日清闲/在阳光下享受家乡的温暖/在离家的瞬间/抓一把空气/藏在掌心里面。他用平白如话的语言,表达了浓得化不开的乡情。

"在遥远的村庄/有条无名的小河/在河水的中央/有一个被人遗忘的地方/在那个平凡得不能再平凡的村庄/在那个普通得不能再普通的小河旁/在那个不知道被人遗忘了多久的地方/有一颗石子在幻想/对着日出的方向/盼望/盼望。"这是他写的《一颗石子的盼望》。他说:"这颗小石子是我,也是千千万万想走出家乡、闯荡天下的少年,不要小看这小石子,一旦它有了幻想,有了梦想,有了为实现梦想而努力的坚实行动,这颗小石子就会变成金子,还能补天呢!"看来,这是滕州好儿郎陈昂的心底之声。

《爱情公寓4》第二集引用诗歌王子陈昂诗句

　　《爱情公寓4》是都市爱情爆笑喜剧《爱情公寓》系列的第四部。该剧由汪远编剧、韦正导演，高格文化制作出品，陈赫、娄艺潇、孙艺洲、李金铭、王传君、邓家佳、李佳航、金世佳担当主演，胡歌、何炅、杜海涛等友情客串。本剧讲述了一群不同身份背景的年轻男女在并不奢华的爱情公寓里，上演的一幕幕搞笑、离奇、浪漫、感人的有趣故事。该剧于2012年11月开拍，2013年1月上旬杀青。于2014年1月17日由安徽、黑龙江、东方、湖北四大卫视联合首播。爱奇艺pps网络独播。该剧在首播后打破国产电视剧网络播放纪录，首播期间蝉联百度搜索风云榜电视剧榜单第一的位置。

　　随着《爱情公寓4》的热播，热心网友发现《爱情公寓4》第二集刚开始的时候胡一菲（扮演者娄艺潇）和学生史小明（扮演者钱志君）的一段对话（史小明回答的时候）引用了诗歌王子陈昂2008年发表的诗歌《欲望是梦想的催化剂》，胡一菲对史小明说道："路是你自己选的，吃点苦头就受不了了，有功夫在这里哭，还不如去面对，是不是男人。"史小明答道："我明白，我现在流的泪就是当初选专业时，脑子里进的水。"陈昂老师2008年发表的诗歌《欲望是梦想的催化剂》原诗是："恋爱源于最初的私欲，和不想让第三者，知道的秘密，一切美好的东西，都穿着利益裁剪的嫁衣，婚姻是个看似保险的交易，因为女人结婚后，流的每一滴泪，都是热恋时脑子进的水，在这一刻变得有理有据。"

　　有观众认为，《爱情公寓》系列的一大功劳就是把很多已经不习惯用电视看剧的年轻观众拉回了电视机前。关谷和悠悠面临了"结婚""买车""买房"等非常现实的问题，对此不少观众称赞《爱情公寓4》不再是小打小闹，在剧情上更加接地气，更能引起社会共鸣，部分剧情许多有类似经历的观众都是感同身受。《爱情公寓4》引用诗歌王子陈昂的诗句做台词体现了剧组关注当下热点，同时也表明陈昂老师的诗歌受众"多、大、广"，陈昂老师的诗歌中的许多句子都成为当代社会的热门话题，"当黑暗来临的时候连影子也会离开你""下雪的时候要约喜欢的人出来走走因为一不小心就手牵手走到了白头""能抓住是阳光抓不住的是太阳""谁说盲人的世界没有太阳闭上眼我们依然知道日出的方向""一家人也有南腔北调，一锅汤也有不同的佐料"等，这些我们耳熟能详的经典诗句被众多影视剧、媒体、商家引用。

本报记者在发稿前通过陈昂工作室联系到陈昂老师，陈昂老师表示并不知道自己诗句被《爱情公寓4》剧组引用这件事，陈昂老师说自己的诗句被引用说明更多的人关注到诗歌，这一点他感到高兴，但同时也希望各界在引用诗人作品的同时让作者享有知情权，这是对诗歌创作者的肯定与尊重。

诗歌王子陈昂受聘微山湖湿地风景区文化顾问

　　滕州市第十三届微山湖湿地红荷节期间，中国当红青年诗人，著名学者，春草派诗歌代表人物"诗歌王子"陈昂应邀参加滕州市第十三届微山湖湿地红荷节开幕式。"诗歌王子"陈昂此次参与红荷节既是文化之旅，也是回乡之旅。他为家乡人民带来了一场文化的盛宴，家乡人民也回馈了他最深情的热爱，红荷节期间，滕州市微山湖湿地红荷风景区管委会向诗歌王子陈昂颁发了滕州市微山湖湿地红荷风景区（终身）文化顾问的聘书。

　　据悉，此次滕州市第十三届微山湖湿地红荷节期间，诗歌王子陈昂先后在当地市委市政府的主持下开展了"诗歌王子"《陈昂诗选》家乡发布会、国学与现代诗歌讲座、微山湖红荷湿地系列组诗发布会、感怀故乡"诗歌王子"陈昂慈善义捐、中国少年读新诗——诗歌王子幼儿园国学馆"赠书"活动等。

　　"诗歌王子"《陈昂诗选》家乡发布会由滕州市微山湖湿地红荷风景区管委会主任孙剑主持，市人大副主任、总工会主席姜繁茂致辞，"诗歌王子"陈昂分别向滕州市微山湖湿地红荷风景区和滕州市图书馆捐赠了新书，滕州市微山湖湿地红荷风景区管委会副主任李亚娟和滕州市图书馆馆长董润洁分别代表景区和市图书馆为"诗歌王子"陈昂颁发了捐赠证书，微山湖湿地集团董事长、总经理王炯昌代表滕州市微山湖湿地红荷风景区向"诗歌王子"陈昂颁发了滕州市微山湖湿地红荷风景区文化顾问的聘书，市人大副主任、总工会主席姜繁茂和市政协副主席乔令梅代表滕州市人民政府向"诗歌王子"陈昂赠送滕州特色礼品鲁班锁，另参加发布会的人员有滕州日报社社长王传伟同志、滕州影视总台台长张永正同志、滕州市文广新局副局长党芬同志。

"诗歌王子"陈昂的到来对滕州文化发展建设及滕州市微山湖湿地风景区的文化发展意义重大,"诗歌王子"陈昂粉丝众多,在文化领域颇具影响力,特别是在中国新诗领域,陈昂作为领军人物,拥有很高的学术话语权,陈昂是滕州人的骄傲,更是中国人的自豪,2015年《漫天飞雪的日子》红遍全国,2016年应中央电视台邀请做客《中国诗词大会》,陈昂作为中国新诗的学术标杆,引领着中国新诗的发展潮流。

陈昂——中国"百年新诗"的宠儿

2017年是中国新诗诞生一百周年,这个时间确定,是从1917年胡适在上海出版的《新青年》杂志开始发表新诗算起的。孔子有云:"不学诗,无以言。"在中国这个诗歌大国,诗歌堪称最为重要的文学形式之一。近年来出现的"诗歌热",令一度有些冷寂的诗歌重回公众视线。在中国新诗诞生百年的这个大背景下,"诗歌热"现象尤其值得关注。

相比3000年前的《诗经》,中国新诗就像孩子一样,正从童年走向青壮年。从胡适、冰心、徐志摩到闻一多、戴望舒,诗人们通过一代又一代的努力,我们才走到了今天。中国新诗未来道路还很长,在这个道路上,我们不断挑战前人,也接受别人的挑战。

回顾新诗的历史,自1917年以来,中国新诗的百年路走得有些坎坷。首先,在新诗的定义上就出现了分歧:什么是新?什么是旧?唐诗等古典诗歌在古代语言上的成就已足够辉煌,而新诗则另辟蹊径,用现代汉语体现汉语的美学力量,特别是从20世纪80年代开始,新诗对现代汉语的锻造更为精炼。总而言之,中国的现代诗歌的历史演变,具有它的凝重性和沉淀性,它是受中国社会发展历史的演变而演变。

谈到中国新诗,我们不得不提到两个人物,海子和汪国真,他们作为一个时代的符号,影响了一代人的文学观、爱情观,其如清风般的诗句不知曾被多少60后、70后们所传颂,并温暖人们心灵至今。有人说诗人汪国真是中国诗歌与公众的最后一次相遇,汪国真的去世让中国新诗元气大伤,但正当人们愁于诗坛后继无人之时,一场大雪拉开中国新诗的崭新序幕。2015年冬季,竟然连多年不下雪的广东都下雪了,雪一场接着一场,连日的大雪捧红了陈昂,一位年轻的90后诗人昂首阔步走进中国诗坛的大众视野,一首《漫天飞雪的日子》点击量突破2亿人次,创造了中国诗坛的神话。"漫天飞雪的日子/一定要约喜欢的人出来走走/从村子的这头/走到那头/回家后/发现彼此/一不小心就手牵手/走到了白头。"简单朴实的诗句让诗人陈昂蹿红网络,一时间各大媒体头条争相报道,中国新诗再次沸腾了,陈昂也因此被誉为中国诗歌留在人间的"火种"。

中国新诗发展的尺度是一百年,我们只是这条路上的一颗小小铺路石。但从现代到当代,我们还是在往前走了。陈昂作为中国新诗的新生代力量,被赋予了神圣的诗歌使命。陈昂1992年1月26日出生于山东省滕州市级索镇后王晁村,良好的家庭文化氛围孕育了中国新诗的惊人诗苗,陈昂的童年平静如水,随温良贤惠的母亲读唐诗宋词,听童话故事。随平和好学的父亲快乐地徜徉在诗歌的王国,至今陈昂还能背诵上千首古诗词。初中、高中陈昂更加努力学习,阅读了大量的文史哲经类书籍。大学期间,陈昂爱好广泛,爬山涉水,足迹遍及祖国的大江南北,这为其写作打下了深厚的基础。陈昂的诗歌与众不同,他的诗歌没有固定的模式,内容决定形式,他是生活的记录者,灵感来了,他会随时随地记录下来,稍加整理便成诗歌。其实陈昂生活简简单单,清静悠闲,这就是他创作的精神源泉。

也许,生命给每个人只有一次天亮,我们愿将这一天亮去献给那些痴迷于缪斯的人群和中国千千万万对诗歌执着钟情的虔诚信徒。陈昂的诗歌源于生活,正如同他的追求做生活的记录者,陈昂笔下的诗歌清新智慧、唯美有趣。读陈昂的诗歌我们第一遍我们读到的是词句,第二遍读到的是故事,第三遍读到的是生活。陈昂的诗歌写作没有固定的模式,形式多样,各具特色,又彼此相连,浑然天成。陈昂的诗歌像李小龙创造的"截拳道",陈昂的诗歌有长有短,长则几十句,短则三五句。"我的心里有一座城,它白天的时候沉睡,夜晚的时候苏醒"简简单单的三句话就是一首精致的小诗,我们把陈昂创作的这类小诗称之为"截句",当今诗坛有不少诗人尝试这种创作方式,我们把这类诗统称为"截句诗"。

"截句诗"是春草派诗歌和"春草体"的一个分支,是为了适应快节奏的网络生活而产生的诗歌形式。"春草派诗歌"不同于"春草诗歌","春草诗歌"是一个人的创作,"春草派诗歌"是一群人的创作。陈昂作为中国新诗改良运动(春草运动)的发起人,先后发起两次春草运动,第一次"春草运动"的宗旨是"景到美处自成律,笔落纸上抒酣情",诗人陈昂倡导创作应尊重本心,做生活的记录者,切莫无病呻吟,莫做呆板的"老学究"。第二次"春草运动"的宗旨是"以人为本,释放天性"。在陈昂发起的两次中国新诗改良运动中,涌现出大批的新诗的创作者,这有力地充实了"春草派诗歌"。

娱乐当道的年代,遍览网络上的诗歌圈子,从一些小有名气的诗人到还不懂诗为何物的初学者，从一些大刊物的主编到内刊杂志的诗歌编辑，不坠入诗歌狂欢的人，恐怕已经为数不多。他们假借"诗"的名义，在网络上一通狂晒，有诗晒诗，有稿费单晒稿费单，更有甚者没活动就炮制出一些活动，唯恐沉寂和落寞，唯恐与诗歌世界失去了联系。实在没什么可晒的，就蹲下身子随意拍只虫子或几朵小花以证明自己的存在。冷静下来想想，这实在是思想肤浅、心灵浮躁的表现。身处这样的大环境，诗人陈昂能够冷静下来，埋头苦读，辛勤创作真实属不易。

陈昂享有"诗歌王子"之美誉，作为官方盖章的"诗歌王子"，陈昂让我们看到了中国新诗的大好前景，正如，2008年诗人雷抒雁写给陈昂的颁奖词"这个年近十八的青年，对诗歌如此地挚爱和喜欢，他的诗歌小清新大智慧，读来让失眠的人酣睡，让酣睡的人失眠，他是诗歌王国里的王子，精致高贵幽艳，我们有理由相信诗歌王子陈昂会给我们开启全新的明天，我们此刻所需做的是期待、期待！"2012年陈昂加入中国诗歌学会，2016年陈昂先后推出《半面夕阳半面海》《漫天飞雪的日子》《漂亮的人生敢于起航》三部力作，昂首迈进中国诗坛。

"生活有一双翅膀／一个飞往黑夜／一个飞往黎明"，陈昂作为中国新诗的铺路人之一，目前主要致力于新诗创作和中外新诗发展史研究。欣闻中国文联出版社即将出版陈昂诗集《漫天飞雪的日子》，我十分欣喜，非常盼望新书早日问世。《漫天飞雪的日子》书稿主要由两部分组成，现代诗歌和陈昂谈诗，现代诗歌部分选取了陈昂近几年的新诗，陈昂谈诗截取了陈昂对中国新诗的一些看法和建议。《漫天飞雪的日子》的出版发行有利于我们更好的品读陈昂诗歌，并有效地填补了中国新诗理论的空白。

"一条裸睡的鱼飞出湖面／在梦里左顾右盼／看白云徜徉在蓝天／聆听太阳的闲谈／腾空而起的瞬间／倚清风而眠。"《漫天飞雪的日子》的出版发行意义非凡，新书取名"漫天飞雪的日子"意义有三，其一去年的一场大雪让这首小诗蹿红网络；其二冬天来了春天还会远吗？雪是纯洁的象征，这正如陈昂的诗，精致高贵正能量，我们期盼通过《漫天飞雪的日子》的出版发行唤醒沉睡的读者，一起拥抱诗意的生活；其三时值中国新诗百年到来之际，我们希望中国新诗点燃大众诗歌热情，焕发中国诗坛勃勃生机。读陈昂的诗，会被一种温暖的、向上的、阳光的情怀感动。其语言自然、诚朴，具有很强的感染力，表达细腻、真诚，感情真挚，意味深远。他擅长用象征的表现手法，揭示深刻的道理，并启迪我们的智慧，引领我们向真善美进发，唤醒我们对于生命原始的冲动，唤醒我们对于美好生活的向往。

诗歌王子陈昂红荷节期间携《陈昂诗选》回乡献礼

8月8日,滕州籍当红青年诗人,著名学者,春草派诗歌代表人物,"诗歌王子"陈昂应邀参加滕州市第十三届微山湖湿地红荷节。诗人陈昂此次参与红荷节既是文化之旅,也是回乡之旅。他为家乡人民带来了一场文化的盛宴,家乡人民也回馈了他最深情的热爱。发布会中,诗人陈昂向广大父老乡亲分享了自己的成长经历与创作经历。陈昂表示,自己出生在微山湖畔,风景秀美的微山湖是自己创作中不可或缺的一部分。每当想念家乡和亲人的时候,他都会用诗来记录自己的思乡之情。《微湖湿地的纸月亮》《微湖湿地的痴呓》《我的家乡是一朵莲》等诗作充分表现了诗人陈昂的才华以及他对家乡的深深眷恋。

诗歌王子陈昂一行8月5日到达滕州鲁班大酒店,8月5日晚在鲁班大酒店举办了新闻媒体记者见面会,与会记者多达126人,见面会时长2小时,在此期间,"诗歌王子"陈昂及"陈昂工作室"新闻发言官就"诗歌王子"陈昂回乡参加滕州市第十三届微山湖湿地红荷节等问题进行了答辩。

"诗歌王子"陈昂8月6日早应滕州市文广新局邀请在滕州市图书馆多功能报告厅就"国学与当代诗歌"做了专题讲座,讲座现场,人山人海,场面火爆。许多粉丝拥上台来与"诗歌王子"陈昂老师合影留念,并咨询新书《陈昂诗选》何时签售等事宜。

8月7日,滕州市文广新局联合滕州市微山湖湿地风景区管委会主办了"诗歌王子"陈昂新书《陈昂诗选》发布会,发布会由滕州市微山湖湿地红荷风景区管委会主任孙剑主持,市人大副主任、总工会主席姜繁茂致辞,"诗歌王子"陈昂分别向滕州市微山湖湿地红荷风景区和滕州市图书馆捐赠了新书,滕州市微山湖湿地红荷风景区管委会副主任李亚娟和滕州市图书馆馆长董润洁分别代表景区和市图书馆为"诗歌王子"陈昂颁发了捐赠证书,微山湖湿地集团董事长、总经理王炯昌代表滕州市微山湖湿地红荷风景区向"诗歌王子"陈昂颁发了滕州市微山湖湿地红荷风景区文化顾问的聘书,市人大副主任、总工会主席姜繁茂和市政协副主席乔令梅代表滕州市人民政府向"诗歌王子"陈昂赠送滕州特色礼品鲁班锁,另参加发布会的人员有滕州日报社社长王传伟同志、滕州影视总台台长张永正同志、滕州市文广新局副局长党芬同志,发布会结束后,"诗歌王子"陈昂举行了《陈昂诗选》新书签售会,

2小时签出926套，来自青海的粉丝张晓琪激动地说"自己提前3天就来到景区了，今天终于如愿以偿得到了陈昂老师的签名书并与陈昂老师合影留念，感觉非常幸福"。

"诗歌王子"陈昂的到来对滕州文化发展建设及滕州市微山湖湿地风景区的文化发展意义重大，"诗歌王子"陈昂粉丝众多，在文化领域颇具影响力，特别是在中国新诗领域，陈昂作为领军人物，拥有很高的学术话语权，陈昂是滕州人的骄傲，更是中国人的自豪，2015年《漫天飞雪的日子》红遍全国，2016年应中央电视台邀请做客《中国诗词大会》，陈昂作为中国新诗的学术标杆，引领着中国新诗的发展潮流。

诗歌王子陈昂做客央视《中国诗词大会》

为贯彻落实习近平总书记系列重要讲话精神，弘扬中华优秀传统文化，国家语委与中央电视台再度合作，共同举办首届《中国诗词大会》。该节目通过对诗词知识的比拼及赏析，展现诗词之美与诗词之趣。据悉，《中国诗词大会》共10期，节目邀请南京师范大学教授郦波、中央民族大学副教授蒙曼、河南大学教授王立群和北京师范大学教授康震等观众喜爱的文化专家担任点评嘉宾，诗歌王子陈昂担任助阵嘉宾，节目由董卿主持，106位来自各行各业的选手，覆盖各年龄段，每个人都是带着对诗词的独特感悟来到赛场。

从汉字到成语再到诗词，央视对于传统语言文化方面的推广可谓是层层深入、不遗余力。更难得的是，这种从形式到内容的创新推广方式，真正实现了让中华优秀传统文化的继承与发扬有了全民基础。文化评论人表示："相较于成语，语言凝练、章法绵密、情感充沛、意象丰富的诗词更具有传递思想和抒发情感的功能，诗词中的情味、意味、韵味更是饱含汉语文字的特有魅力。"在文化传承的角度而言，对于传统诗词的继承和发展是刻不容缓的大事。

《中国诗词大会》节目制作组为提高节目收视率，从10万全国各行各业诗词爱好者中挑选106位诗词达人参与节目录制，并邀请观众喜爱的文化专家担任点评嘉宾，中国诗歌学会选派青年诗人陈昂担任助阵嘉宾，坐镇百人选手席，与参赛选手一同体验古典诗词的唯美神韵，中国古典诗词中既有"大江东去，浪淘尽，千古风流人物"的豪迈，亦有"雁字回时，月满西楼"的飘逸。

陈昂，1992年1月26日出生于山东滕州，现任CCTV《中国诗词大会》特邀嘉宾，闻一多诗社名誉社长，中国诗歌学会会员。诗歌作品先后译成英语、法语、俄语、日语、德语等十余种版本。2012年荣获"闻一多诗歌奖"，同年应邀加入中国诗歌学会，2014年诗歌作品《洪荒》选入中学语文课外读本，2015年《漫天飞雪的日子》点击量突破2亿次，全年诗歌点击量突破20亿次，2015年10月应中央电视台《中国诗词大会》节目组邀请参与节目录制，2016年《中国诗词大会》在中央电视台一套、十套播出，同年该档节目在第22届上海电视节获得"最佳综艺栏目"奖。陈昂享有"诗歌王子"之美誉，目前主要致力于新诗创作和中外新诗发展史研究，著有诗集《漫天飞雪的日子》《陈昂诗选》(上下册)《半面夕阳半面海》《春草集》《漂亮的人生敢于起航》等。

陈昂《中国诗词大会》讲话原稿：

①昼行千米路，夜读半寸书。②时刻铭记内心的高度，会让你越来越有风度。③天空的雄鹰没人鼓掌也在飞翔，深山的野草没人心疼也在成长。④女人结婚后流的每一滴泪都是热恋时脑子进的水。⑤装出来的无所谓实际是一种撕心裂肺。⑥妈妈是佛安排在我们身边的菩萨。

大家好，我是诗人陈昂。很感谢央视能给我们提供一个诗词狂欢的平台，诗是最美的语言，作为诗人，我很庆幸自己生活在这个国家，这个时代。作为诗人，我们应该扎根大地，深入群众，用感恩的心享受生活，每天给灵魂加一克重量，在诗意的栖息地我深信每一个中国人都是幸福的，我们应该为诗歌鼓掌。

最后，我想给节目组献上一首诗：《诗与词的邂逅》(陈昂) 红豆是/南国的思念/诗与词的邂逅/相约在最美的地点/温度源于/唤醒记忆的瞬间/渴望一场远行/与诗词为伴。

《中国诗词大会》是一场全民狂欢的诗词文化盛宴，中央电视台高度重视中国传统文化的传承与发展，在第一期《中国诗词大会》开播后中央电视台新闻联播对其给予高度支持与肯定，诗歌王子陈昂亲临节目录制现场，以"现代诗人"的身份现场体验节目的录制盛况，并为第二届的节目录制制作从诗歌原创者的角度给予指导性意见。

《中国诗词大会》入选节目的所有诗词题目几乎全部出自中小学课本，虽然类别涵盖豪放、婉约、田园、边塞、咏物、咏怀、咏史等多种门类，但基本每一首诗词都能称得上耳熟能详。《中国诗词大会》也正是意图通过这样具有普及性的诗词内容，以此激发全民参与的积极性，进而打造一场"全民参与的诗词文化盛宴"，当记者问及诗歌王子陈昂参与节目录制后的感想时，他告诉我们："《中国诗词大会》是一场全民参与互动的诗词文化盛宴，应央视邀请有幸参与节目录制，节目录制现场高潮迭起精彩连连，通过参与节目录制，我领略了中国传统文化的博大精深，更体会到了中国文化的特有魅力。"

中国诗歌学会陈昂诗歌被称作春草派诗歌

著名评论家郭文轩撰文评价春草派诗歌："'春草体'就我个人研究，我认为它并没有固定的写作格式，而是像李小龙创造的'截拳道'那样是一种方法，'春草体'的精髓在于词语的大胆运用，清新迷人的词眼被赋予生活的哲理、人生的感悟，让其更加丰实。不知各位读者还记得2012年陈昂获得第一名时创作的那首诗吗？'玉笋之笔舞香檀，徽墨轻研琵琶弹。一曲唱尽一曲新，春去秋来四月天。'在这首诗歌创作之初，多数人大为不解，甚至有人质疑丹青诗人陈昂诗歌创作水平，历史就是这样，往往经典在质疑中诞生，时隔一年有余，我们再回过头来分析这首诗，无不被其睿智诗理折服，'春去秋来四月天'也被称作佳句名篇，曾有著名诗词评论家评论此句与海子笔下的'面朝大海，春暖花开'有异曲同工之妙，现在看来也实有一比。"

陈昂的文字功底很深厚，如其创作的《江北水城天上客》(内容如下：吾本天上客，怎奈惹凡尘。太古多思绪，胁肩谄笑人。鸿钧有三徒，性情阐截分。名利煞风景，皆为仙家臣。管窥天蠡海，答客难苏秦。曾经沧海情，陈陈相因深。却扫杜门庭，玄黄蒲团真。先邀姜飞熊，后封周郎神。)全诗80个字引用了"胁肩谄笑、管窥蠡海、曾经沧海、陈陈相因、杜门却扫"5个成语，并暗含了"仙女下凡尘、盘古开天、封神榜、答客难、道家三观、太公垂钓、三国周郎"7个典故，更为经典的是"名利煞风景，皆为仙家臣"这一句，这一句体现了诗人陈昂博览群书、学贯中西的本领，封神榜里："仙人比神高一个等级"，这属于比较冷的知识点，短短一首80字的小诗不仅流畅连贯、意义深远，而且暗含寓意、哲思后人，又不失文人的铁骨风流，让许多名家着实钦佩、自愧不如。

在陈昂的诗歌创作里有许多脍炙人口的句子和语录，其诗《爱情装睡》中"装出来的无所谓实际是一种撕心裂肺"，曾风靡港澳及内陆高校。诗句"时刻铭记内心的高度，会让你越来越有风度"，更是印满了校园礼品和大大小小的手提袋。著名评论家王刚评价陈昂诗歌清新中略显朦胧，以性灵之意境抒惊世之哲理。陈昂有同龄人所没有的成熟，无论是文章的立意还是文字本身的高度都胜于同期作者。

陈昂：用最简单的语言写最美的诗篇

在当代诗坛上，陈昂是作为"春草派诗歌"和"当代浪漫诗人"的代表性诗人确立其诗歌地位的。朦胧诗、春草派诗歌、学院浪漫派、诗歌边缘化与商品化、新世纪诗歌的多元并存与自处，陈昂的诗歌创作是执着而纯粹的，不同于其他双栖或多栖的作家，诗歌是他18年来主要且根本的文学资本。

杨义教授读完陈昂诗歌在一次学术交流会上这样说道："我最喜欢的诗人是李白，李白的诗歌读起来简单写起来难，李白是当之无愧的'诗仙'，我非常希望能在现代新诗领域偶遇李白。直到今日有幸读到陈昂的诗，久违的熟悉感来了，我感觉李白回来了，脱去唐服的李白西装革履，'时刻铭记内心的高度会让你越来越有风度'，陈昂是现代诗歌的真诗人，他的作品'真情怀''真智慧''真浪漫'，神奇的大自然孕育天然的诗人，陈昂的诗歌与李白的诗歌相得益彰，相比李白，陈昂在情怀的基础上多了些智慧与气度，若如称李白'诗仙'，陈昂则可称之为'诗贤'，就我个人而言，我感觉千年之后，在诗歌上陈昂的名气和成就必定高于李白。"

陈昂的诗歌源于生活，正如同他的追求：做生活的记录者，陈昂笔下的诗歌意境悠远，第一遍我们读到的是词句，第二遍我们读到的是故事，第三遍读到的是生活，陈昂的创作是走心的。陈昂诗歌的底层书写是一种民间视野下的底层关注，民间是对权力话语的消解，是先锋实验性和个人写作的独立性。关注和表现底层不一定非得要生活在底层，只要一个诗人的民间精神立场处于"在场"而不是缺席甚至对立，他对底层的关注就是有效的。细读陈昂的诗歌，我们不难看出诗人博大的悲悯情怀，对权力话语的强烈消解欲望，对弱小事物和底层民众的同情。更重要的是，陈昂的诗歌满满的正能量，关注群众面对现实，陈昂永远是微笑的幽默的一语惊醒梦中人，用诗歌为生活导航，满足大众的精神食粮，让广大群众在品读诗歌的同时增强自信，热爱生活，努力拼搏，为社会做出自己力所能及的贡献。

陈昂的诗歌有智慧、有内涵、有品位、有思想、有魅力，陈昂的作品大气独立，他不是在为自己写作，是在记录生活，作为诗人，陈昂用自己敏锐的洞察力睁眼看世界，正如《未富先老的社会生活》一诗中写到的那样："是谁给社会不切实际承诺，是谁的苦恼换来一场冷漠，我不敢想象老去的生活，没有勇气为明天奔波，选择沉默眼看错过，羡慕别人为梦高歌，社会未富人已老掉，该忘的记忆一点不少，能否让我人生美好，社会未老先富的感觉很妙。"这首诗歌写出了"社会未富人先老"的社会现象，通过内容我们不难看出诗人心系祖国普通大众，关心社会发展，表现了诗人对未来的期盼和希望自己的国家"人未老时生活先富裕起来"。

陈昂是一位身体力行的诗人，正如他在文坛上先后发起的两次诗歌改良创作运动："春草运动"，"春草运动"的意义在于激活了诗坛，唤醒了沉睡的诗歌，给与普通诗歌爱好者拿起笔深情创作的勇气。陈昂的诗歌被越来越多人熟知，《洪荒》《飞跃彩虹的勇士》《享受生命》先后选入中学语文课外读本，《雪人的愤怒》以舞台剧的形式于2015年在美国搬向舞台，同期展示的作品有中国诗人冰心、汪国真、杨克的代表作品。

陈昂的作品属于整个世界和人类，是每一个爱诗人的文学大餐。陈昂的诗歌作品自2013年多次被高校教授、文学翻译家翻译成英语、法语、德语、日语、俄语等版本，陈昂的诗歌是没有国界的，但陈昂的诗歌有着显著的"中国气质"和"华夏风度"。作为中国诗人，陈昂用诗歌敲开了一扇扇国际友人的门，陈昂用诗歌让更多的国家了解了中国的大好河山和经典文化，也让更多的外国人喜欢上诗歌，喜欢上中国。

艺术视野：陈昂诗歌老树画画

陈昂的诗，有思想、有学识、有哲理、有趣味，有平凡的生活，也有天才的快乐。老树的画，有阅历、有经验、有见识、有学养，有柴米油盐的人间烟火，也有超凡脱俗的仙风道骨。陈昂的诗极具穿透力，他的诗总是在清闲幽默中直指人心，老树的画极具感染力，他的画总是在柴米油盐中开辟一块诗意的栖息地。

老树今年54岁，陈昂今年24岁，一个"60后"一个"90后"，陈昂是"有趣"的诗人，老树是"有趣"的画家，我想当"有趣"的诗人遇上"有趣"的画家一定是件"有趣"的事。陈昂以诗作画，老树以画写诗，陈昂的笔名"春草"，老树的真名刘树勇，一树一草，一老一少，大自然总是神秘莫测，造物主也总是如此地巧妙，当我们读完陈昂的诗看完老树的画，我们不得不由衷地说一句："或许春草自有诗情老树确有画意"。

陈昂常说把诗写给自己，做自己的读者，用平凡的笔记录不平凡的生活和岁月。年少成名的他正如他的笔名"春草"一样，低调富有激情。陈昂的诗我们读来朗朗上口,给人以"小清新 大智慧"的感觉,"当黑夜来临的时候,连影子也会离开你"(出自陈昂《黑暗里没有影子》)、"重要的人越来越少,留下的越来越重要"(出自陈昂《曾几何时》)、"最美的风景应在远方,切莫把它踩在脚下"(出自陈昂《静静的欣赏世界》)、"下雪的时候/一定要约喜欢的人/出来走走/因为一不小心/手牵手/走到了白头"(出自陈昂《漫天飞雪的日子》)、"女人结婚后/流的每一滴泪/都是热恋时/脑子进的水"(出自陈昂《欲望是梦想的催化剂》)、"人生之所以不幸,是因为在自我的悲剧里,编写他人的神话"(出自陈昂《要活就活得潇洒》)、"如若来世化作鲜花一朵,蜜蜂能否禁得住诱惑,再犀利的烟火,都抵不过东去的大河"(出自陈昂《如若来世化作鲜花一朵》)、"一万年后的远游,寻觅出水彩莲的娇羞,你的嘴和语言,是我今世的模样和忧愁"(出自陈昂《一万年后》)、"故事并不感人,只是说故事的人泪流满面"(出自陈昂《每个人的世界都有一只碗》)、"千年之后的一弯明月,此时静静地隐藏在,属于自己的角落"(出自陈昂《诗歌中的诗歌》)。

老树常说我画的每个人都是我,个人感受总是会进到你的画里来,包括这个形象,是个符号,也是代表我来说好多话,但有个问题是,大家在微博上花很短时间看我的画,就判断,画里人做的事老树肯定也做过,其实不是,仅靠个人经验特别有限,我的经验、回忆能画多少? 100张了不得了。我有农村生活十几年的经验,那时经历的很多镜头都和诗经里一模一样。记得小时候春天打柴,坐在山里休息,正好看见一个新媳妇回娘家,挎着大牡丹花的包袱,原本走着直路,突然绕到旁边地里劈了一枝桃花,别在包袱上面。后来我就画了包袱皮上别了一枝花。这些美好的场景并不是不存在,可能很多人没有感受或熟视无睹了。

陈昂的诗读完好像诗人并未写完,老树的画看完好像画家并未画完,他们二人的作品都留给受众很大的想象和领悟空间,兴趣是最好的老师,陈昂和老树的作品都是不为名利的抒情之作。老树对自己的描述是"眼前两碗米饭,心中一粒飞鸿";陈昂对自己的描述是"平凡的生活,天才的快乐"。老树说画画"求之不得,不求自得",陈昂说诗歌"我不找它,它来找我"。

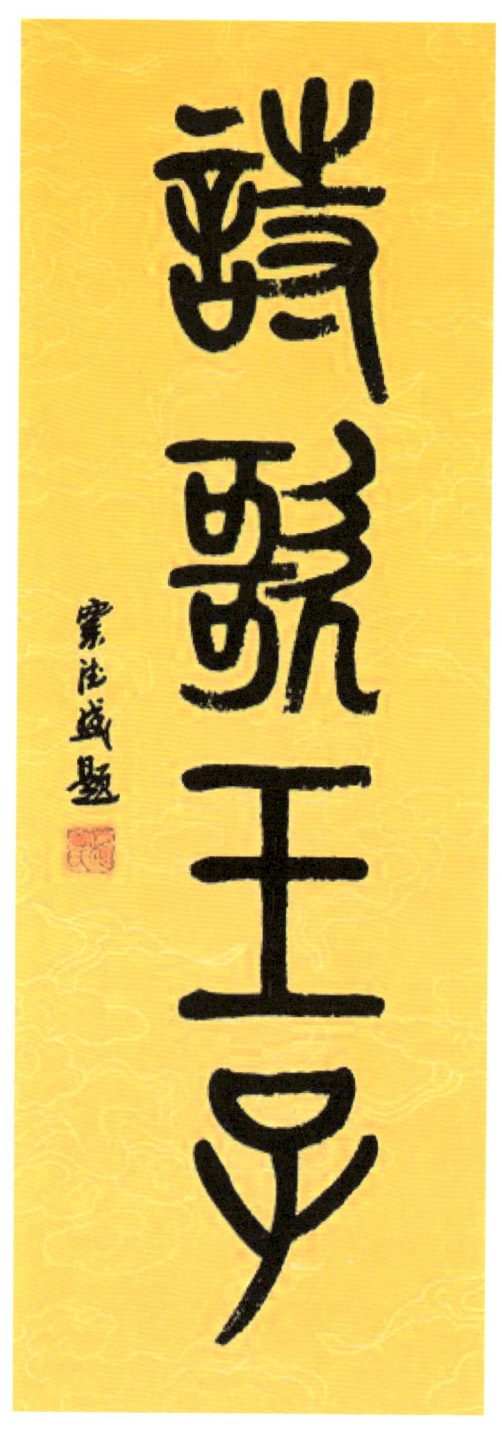

窦德盛
中国书法家协会会员

青年诗人陈昂做客善国讲坛

8月6日，由滕州日报社、市图书馆联合举办的尼山书院第24期暨善国讲坛第59期在市图书馆举行，优秀青年诗人陈昂受邀作了一场题为《国学与当代诗歌》的讲座。

陈昂，滕州籍青年诗人，现任CCTV《中国诗词大会》特邀嘉宾，闻一多诗社名誉社长，中国诗歌学会会员。诗歌作品先后译成英语、法语、俄语、日语、德语等十余种版本。2012年荣获"闻一多诗歌奖"，同年应邀加入中国诗歌学会，2014年诗歌作品《洪荒》选入中学语文课外读本，2015年《漫天飞雪的日子》点击量突破2亿次，全年诗歌点击量突破20亿次，2015年10月应中央电视台《中国诗词大会》节目组邀请参与节目录制，2016年《中国诗词大会》在中央电视台一套、十套播出，同年该档节目在第22届上海电视节获得"最佳综艺栏目"奖。陈昂享有"诗歌王子"之美誉，目前主要致力于新诗创作和中外新诗发展史研究，著有诗集《漫天飞雪的日子》《陈昂诗选》（上下册）《半面夕阳半面海》《春草集》《漂亮的人生敢于起航》等。

"中国是诗的国度。孔子曰：'诗无邪。'《诗经》是中国古老诗歌的源头。经过两千多年的发展，中国新诗早已成为世界诗歌大家园的重要成员。"讲座上，陈昂向在场听众详细讲述了当代中国诗歌内外的文化现象。他说，中国文化底蕴深厚，诗人在创作诗歌作品时要有中国气魄和中国精神。诗人应该是阳光、智慧、敏锐、幽默的，要学会用诗歌记录生活，做生活的记录者。一名合格诗人应该去关注国家发展与人民心声，为人民代言，站在人民的立场上创作，弘扬传统文化，引领时代风尚。

在讲座最后，陈昂还提醒在座的学生及写作爱好者，创作前一定要有自己的思维，有自己的判断，在写作的过程中要注意分辨。

90后作家有望冲击2015年第十届中国作家富豪榜

90后作家苑氏兄弟、陈昂、张皓宸、卢思浩、吴大伟有望冲击2015年第十届作家富豪榜,临近年关,2015年第十届作家富豪榜发榜日期离我们越来越近,从上几届榜单来看80后作家已有多人登榜,那90后作家在今年的榜单中又会出现几人呢,经过调查走访,记者了解到90后作家苑氏兄弟、陈昂、张皓宸、吴大伟、卢思浩最有希望登上今年的作家富豪榜。

2015年90后作家最火的当属苑氏兄弟,苑氏兄弟将自己变身潮男学霸的励志故事写成了《愿我的世界总有你二分之一》收入高达690万,紧跟其后的是陈昂、张皓宸,二人分别以560万和520万的收入走进大众视野,"下雪的时候要约喜欢的人出来走走因为一不小心就白了头"这句诗的走红让陈昂的《春草集》一炮打响,韩寒旗下的张皓宸一年内推出《我与世界只差一个你》《谢谢自己够勇敢》两部作品一时间红遍校园将520万收入囊中,而"暖男作家"卢思浩、吴大伟通过参加综艺节目也渐入佳境,卢思浩《离开前请叫醒我》一书的出版让其收入400万,而吴大伟首部文学作品《这世界,缺你不可》一经出版就受到热捧,凭借文学作品《这世界,缺你不可》的出版吴大伟收入230万,对比2014年第九届中国作家富豪榜的榜单我们第50名于丹100万版税上榜,今年苑氏兄弟、陈昂、张皓宸、卢思浩、吴大伟上榜有戏。

苑氏兄弟,1993年8月2号出生于河北廊坊市,是一对不折不扣的狮子座大男生,苑子文2012年以674分成绩考入北京大学社会学系,苑子豪2012年以683分成绩考入北京大学国际关系学院。2015年苑氏兄弟凭作品《愿我的世界总有你二分之一》版税690万成为2015年第十届中国作家富豪榜上榜候选人。

陈昂,青年诗人、学者,春草派诗歌代表人物。1992年1月26日出生于山东省滕州市。现任CCTV《中国诗词大会》特邀嘉宾,闻一多诗社名誉社长,中国诗歌学会会员。诗歌作品先后译成英语、法语、俄语、日语、德语等十余种版本。2012年荣获"闻一多诗歌奖",同年应邀加入中国诗歌学会,2014年诗歌作品《洪荒》选入中学语文课外读本,2015年《漫天飞雪的日子》点击量突破2亿次,全年诗歌点击量突破20亿次,2015年10月应中央电视台《中国诗词大会》节目组邀请参与节目录制,目前主要致力于新诗创作和中外新诗发展史研究,著有诗集《漫天飞雪的日子》《陈昂诗选》(上下册)《半面夕阳半面海》《春草集》《漂亮人生敢于起航》等。

张皓宸，1990 年 4 月 15 日出生于四川省成都市，90 后作家、插画师。2013 年在微博上创作主题为"那些你很冒险的梦"的卫生纸漫画而受到人们关注。2014 年 12 月凭借短篇小说合集《你是最好的自己》获得第六届新锐艺术人物盛典文学领域新锐奖，该短篇小说合集还获得了当当网新书榜、京东全网站青春类文学第一名。2015 年出版的故事集《我与世界只差一个你》进入开卷畅销书（虚构类）排行榜前十。6 月举行"你是最好的自己"创意插画展，12 月凭借新书版税 520 万成为 2015 年第十届中国作家富豪榜上榜候选人。

卢思浩，90 后作家，生于江苏省张家港市，本科就读于澳大利亚国立大学，研究生就读于墨尔本大学金融专业，现已毕业。2011 年出版首部作品《想太多》，同期在人人网发表作品。2013 年出版《你要去相信，没到不了的明天》，2014 年出版《愿有人陪你颠沛流离》，累计销量已达百万。2015 年凭借新书《离开前请叫醒我》版税 400 万成为 2015 年第十届中国作家富豪榜上榜候选人。

吴大伟，中国好哥哥，90 后温暖系作家，朴尔因子品牌创始人。参加贵州卫视《非常完美》，参加深圳卫视《年代秀》被观众认识，和因在个人微博中晒出与自己年龄相差 18 岁的妹妹亲密生活照，在网络爆红，被称为最萌年龄差兄妹，而吴大伟也被网友称赞为中国第一好哥哥。2015 年凭借首部文学作品《这世界，缺你不可》版税 230 万成为 2015 年第十届中国作家富豪榜上榜候选人。

90 后作家苑氏兄弟（苑子文、苑子豪）、陈昂、张皓宸、卢思浩、吴大伟是 90 后作家中的佼佼者，2015 年他们凭着自己的努力和打拼在自己的文学事业上有了更大突破，他们 6 人今年版税都超过 200 万有望冲击 2015 年第十届中国作家富豪榜，他们代表的是 90 后写作群体，如今 90 后作家大多数走在奔三的路上，他们日趋的成熟稳重逐渐成长为当今文学界的中坚力量。

诗歌王子陈昂妈妈写给儿子的一封信

近日,知名微信公众平台爆出诗歌王子妈妈孟桂青女士写给诗歌王子陈昂的一封信,内容朴实真挚,字里行间充满浓浓爱意。"大昂,一直以来妈妈总想和你说一说心里话,但总不知从何说起。我和你父亲相伴二十多年,特别欣赏他看书的痴迷。大昂,时间如流水,人生如果抓不到机遇,将会碌碌无为一生。世间什么都有,却没有后悔药。你父亲已经半百,妈妈也48岁。生活的好时光对我和你爸来说都寄托在你和你妹身上,希望你严格要求自己,成为你妹妹的榜样,你小妹一直很崇拜你写诗的灵气。有'灵气'是优点,你需要'恒心'磨炼自己。你现在正是风华正茂的年龄,一定要比别人多吃苦,才能成为人上人。"寥寥数语浓浓爱意跃然纸上又饱含深刻的道理。

人的一生都要接受三种教育:家庭教育、学校教育、社会教育。这三种教育对人们来说,就像是一座"综合加工厂"。缺少哪一道"工序",都不可能培养出人格完善的人来。在这个"综合加工厂"中,家庭教育则是第一道"加工工序",是给人们"打底色"的。

家庭是人们出生的场所。每个人都生活在一个特定的家庭,身上无不打上家庭的烙印。而且烙印非常深刻,会伴随人的一生。家庭对青少年儿童来说,就像是土壤,土壤肥沃,禾苗就会茁壮;土壤瘠薄,禾苗就孱弱。家庭对青少年儿童来说,也像是物理学上的"磁场",生活在其中,就会不由自主地朝着家庭所期望的方向发展。家庭教育是"人之初"的教育,也是终身教育。家庭教育是人们接受教育的起始,也是延续时间最长的教育。

诗歌王子陈昂妈妈通过家书的形式教育陈昂立大志做大事是非常明智的有效教育方式。家书不仅是人们思亲寄情的纽带,还是中华民族传统文化的精神标识,真挚展现并传承着中国人心底最深沉的家国情怀。可以说,一封家信就是一个仪式,就是对家庭的一个承诺。

家庭是生产单位,是生活单位,也是文化的载体。家庭教育历来是弘扬优秀传统文化的重要渠道。家庭教育的优势就在于发扬光大中华民族传统家庭美德,历来的家庭教育都是对家庭成员,特别是对未成年人进行做人的教育。家庭是社会的基本细胞,是人生的第一所学校。家庭教育的主要任务或职责是培育、传承、弘扬主流价值取向,对家庭成员进行道德品质教育,也就是"做人"的教育。中国具有悠久的家庭教育文化传统,历来做父母的主要对家庭成员进行两个方面的教育:一是"居家",一是"处世"。"居家"教育即家庭伦理道德教育,"处世"教育即社会公德教育。清代流传最为广泛、影响最大的朱伯庐的《治家格言》(《朱子家训》)最为典型。

> 未得天极,则隐于德,已得天极,则致其力。
> 既成其功,顺守其从,人不能代。
> 　　极:法则。〈管子·势〉
> 天生时,地生财,顺天之时,因地之利,其要自正其身,立于无过之地。
>
> 毫无畏惧的拼搏和斗争,如果没有真理光辉的照耀,就只是表面的悲壮;辛苦的勤劳要是缺少智慧的指引,可能变成庸俗的消耗。
>
> 心灵福至,神昏祸幸。
> 一念之差,三思而行。
> 脚跟须步步行得稳。
> 非所困而困焉,名必辱。
> 非所据而据焉,身必危。
> 动之万全。
> 害生于弗备。
> 善良不能过滥。
>
> 逢人但说三分话,
> 不可全抛一片心。
> 大意失荆州。
> 重在参与。
>
> 〈要谦虚低调
> 并矫饰笔墨坏大事
> 世界上许多不幸都来至于无知。

(图为陈昂爷爷陈玉良先生写给陈昂的书信手稿)

家庭教育不是个单纯的"手艺活儿"。家庭教育，归根结底是家风的熏陶。因此，中国传统的家庭教育特别重视"家风"的建设与维护。"家风"对家庭内外都是非常重要的。家风对内，通过耳濡目染、潜移默化可以影响、熏陶家庭成员，对于未成年人的影响尤为深刻；家风对外，能够树立家庭的社会形象，代表家庭的名誉、荣誉。家风的建设不仅决定家庭成员的道德素质，也影响社会风气，直接关系到社会精神文明建设。

> 教子有五：导其性，广其志，养其才，
> 鼓其气，改其病，庶一不可。
>
> 才高非智，智者在是也，位尊实危，
> 智者不就也。大智如此，小智惟谋，智有穷而道无尽也哉。

（图为陈昂父亲陈飚风先生写给陈昂的书信手稿）

诗歌王子陈昂年少成名，这和其出生成长环境是密不可分的。陈昂 1992 年 1 月 26 日出生于山东省滕州市微山湖畔一个普通的知识分子家庭，良好的家庭文化氛围，让童年时期的陈昂迷上了诗歌的音律婉转，一发而不可收的迷上了诗歌创作。陈昂的童年平静如水，随温良贤惠的母亲读唐诗宋词，听童话故事。随平和好学的父亲快乐得徜徉在诗歌的王国。时至今日陈昂还能背诵上千首古诗。初中、高中陈昂更加努力学习，阅读了大量的文史哲经类书籍。大学期间，陈昂爱好广泛，爬山涉水，足迹遍及祖国的大江南北，这为其写作打下了深厚的基础。在陈昂的成长过程中，祖父母、父母的悉心教育和后来高校名师的精心点拨指导为其快速发展注入了活力。

诗歌王子陈昂创作的《漫天飞雪的日子》2015 年点击量突破 2 亿次，"下雪的时候一定要约喜欢的人出来走走因为一不小心就手牵手走到了白头"一句在朋友圈及各大社交平台广为流传。2016 年 3 月陈昂参与录制《中国诗词大会》在中央电视台一套、十套播出，同年该档节目在第 22 届上海电视节获"最佳综艺栏目"奖。2016 年 8 月陈昂应家乡滕州市人民政府邀请参加第十三届中国（滕州）微山湖湿地红荷节开幕式，并受聘"滕州微山湖湿地红荷风景区文化顾问"。2016年11月陈昂受聘"中国红十字基金会行者基金形象大使"。

<写给儿子的一封信>

大昂一直以来妈妈总想和你说一说心里话，但总不知从何说起，对你的聪明才智，妈妈一直感觉欣慰，只是妈妈总是隐隐感到不足的是你太缺乏毅力，不象你父亲那样有耐力。我和你父亲相伴二十多年，特别欣赏他看书的痴迷。大昂，时间如流水人生如果抓不住机遇，将会碌碌无为一生。世间什么都有，却没有后悔药。你父亲已经半百，妈妈也48岁，生活的好时光对我和你爸来说："都寄托在你和你妹身上。"希望你严格要求自己，成为你妹的榜样。你小妹一直很崇拜你写诗的灵气，"有灵气是优点。你需要'恒心'磨炼自己。你现在正是风华正茂的年龄，一定比别人多吃苦，才能为人上人，生活如戏，且记："戏可以彩排，人生不能重来。"妈妈是一位抓的农村娘，孩子，妈的一切成为定局。做为每一位父母，都祈盼自己的子女成龙成凤，你一定比父母强，希望你的孩子比你更幸福，你更需努力世间的事很公平。"只问耕耘，莫问收获。"孩子，妈妈啰哩啰嗦说了一些，希望你好好珍惜时光，一定不能任性所为，耕耘义。……

（昂，你的目标是什么？你已经24岁了）妈妈
人生能有几十个24岁，望你深思。   2015.1.24日（日）

（图为陈昂母亲孟桂青女士写给陈昂的书信手稿）

陈昂说，"我是个普通人，所以我能写出普通人喜欢的诗歌。真正的好诗，不是写给别人看的，而是内在菩提心的自然流露，这种境界最直接的显现就是让所有看到这首诗的人都感觉舒服。一日四餐是我给自己设定的目标，除去正常的一日三餐，我每日给自己加一餐，那便是读书。卡耐基告诉我们'真正的读书使瞌睡者醒来，给未定目标者选择适当的目标。正当的书籍指示人以正道，使其避免误入歧途。'写诗，需要丰富的学识和天赐的灵感，若想写出好诗，必要多读好书。当今社会，学习资源丰富，我建议当代诗人如若条件允许，应该进入高校系统的学习下诗歌创作理论"。

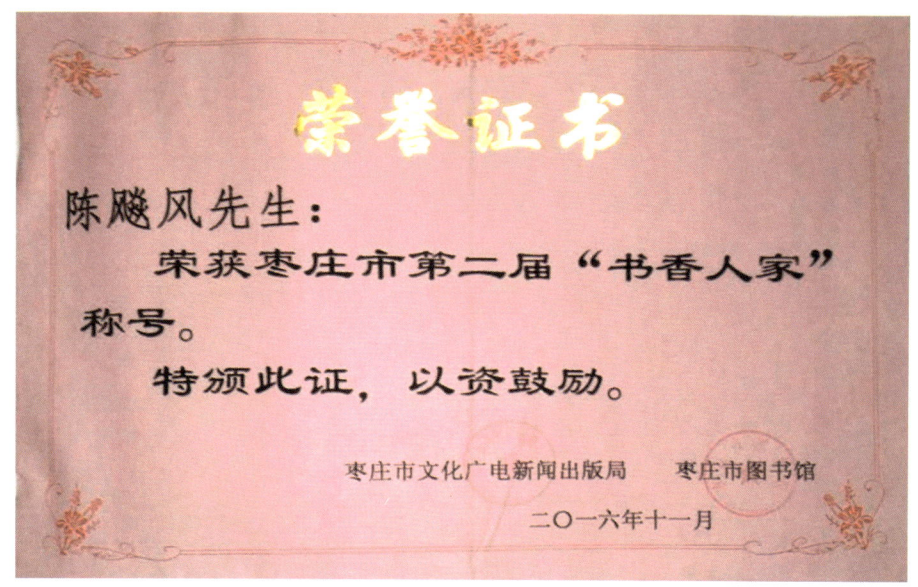

今日中国的家庭教育，基本上还是由长辈传授家中的经验、人生的历程给晚辈学习。然而社会变迁速度越来越快、晚辈从长辈训诲中学到的资讯、不见得对今日社会合宜、或又需进一步的转换、这一点也造成了许多中国家庭的问题。

父母管教孩子，目的是让孩子学好，做一个社会文明人。这不仅要求父母给孩子灌输的思想要文明，教育手段也应讲究文明，因为教育手段本身也具有教育作用。"诗歌王子陈昂"父母对陈昂的家教环境及教育方式值得我们研究和深思；"诗歌王子陈昂"父母对陈昂的教育方式值得我们学习和借鉴。

诗歌王子陈昂出版三部力作回复"陈昂现象"

2016年10月10日，陈昂工作室将《漫天飞雪的日子》《半面夕阳半面海》《漂亮的人生敢于起航》三部诗稿分别交付现代出版社和中国文联出版社出版发行，其中《半面夕阳半面海》2016年11月上旬上市，《漫天飞雪的日子》2017年元月上市，《漂亮的人生敢于起航》2017年3月开学季上市。

10月10日，著名诗人、诗歌王子陈昂在接受中新社记者专访时透露，他将于今年11月、明年1月和3月分别推出《半面夕阳半面海》《漫天飞雪的日子》《漂亮的人生敢于起航》三部力作。

陈昂说，"我是个普通人，所以我能写出普通人喜欢的诗歌。真正的好诗，不是写给别人看的，而是内在菩提心的自然流露，这种境界最直接的显现就是让所有看到这首诗的人都感觉舒服。一日四餐是我给自己设定的目标，除去正常的一日三餐，我每日给自己加一餐，那便是读书。卡耐基告诉我们'真正的读书使瞌睡者醒来，给未定目标者选择适当的目标。正当的书籍指示人以正道，使其避免误入歧途'。写诗，需要丰富的学识和天赐的灵感，若想写出好诗，必要多读好书。"要么读书，要么旅行，身体和灵魂总有一个在路上。"诗歌"这个近年倍受冷落"文化贵族"在诗歌王子陈昂的笔下重焕生机。陈昂作为中国新诗领域的领军人物正带领着"春草派诗歌"昂首走进中国诗坛。

陈昂的诗歌风靡中华大地，究其原因，我想是浮躁空虚的芸芸众生饥渴的心灵需要一弯清流滋润灌溉，烦躁不安的心正寻找一个清凉祥和的世界……写诗，首先要有超人的才情和天赋，这是诗歌流传的根本，陈昂的诗歌才情荡漾，通灵而有智慧，读后震撼心灵，让人热血沸腾，拍案叫绝。

陈昂出生在一个文化氛围浓厚的家庭，优良的成长环境培植了这棵惊人的诗苗，陈昂的童年平静如水，随温良贤惠的母亲读唐诗宋词，听童话故事。随平和好学的父亲快乐得徜徉在诗歌的王国，至今陈昂还能背诵上千首古诗词。初中、高中陈昂更加努力学习，阅读了大量的文史哲经类书籍。大学期间，陈昂爱好广泛，爬山涉水，足迹遍及祖国的大江南北，这为其写作打下了深厚的基础。

陈昂的诗歌与众不同，他的诗歌没有固定的模式，类似李小龙的"截拳道"，内容决定形式，他是生活的记录者，灵感来了，他会随时随地的记录下来，稍加整理便成诗歌。其实陈昂生活简简单单，清静悠闲，这就是他创作的精神源泉。

"问渠那得清如许，为有源头活水来。"诗歌王子陈昂出生在微山湖畔，长期定居北京香山，得微湖香山之灵气。他的诗被称为"在直白、冷艳、精致的字里行间，发现完美中的残缺，悲伤里的喜悦，安静中的爆裂"，他也被认为是"与生活对话的诗人"。

著名诗人中国诗歌学会原会长雷抒雁这样地评价陈昂："这个年近十八的青年，对诗歌如此的挚爱，他的诗小清新大智慧，读来让失眠的人酣睡，让酣睡的人苏醒，让苏醒的人行动，他是诗歌王国里的王子，精致高贵幽艳，我们相信诗歌王子陈昂会给中国新诗开启全新的明天，我们此刻所需做的是期待、期待！"

《漫天飞雪的日子》《半面夕阳半面海》《漂亮的人生敢于起航》三部力作是诗歌王子陈昂的阶段性总结，正如《漫天飞雪的日子》后记中陈昂所写，"书稿《漫天飞雪的日子》画上了最后一个句号，这个句号是休止符，一本书的收尾就像是一阕乐曲的终结。短暂的停歇势必响起更加美妙的音乐。对我而言，我奢望这个句号成为"中国新诗"的朝阳，希望"中国新诗"插上腾飞的翅膀，飞向蓝天，越过高山，到达"中国新诗"心之所往的地方。"

陈昂拥有浓厚的家乡情结，先后为家乡滕州创作多首诗歌，《微湖湿地的痴呓》《我的家乡是一朵莲》《微湖蒙蒙雨》等诗歌在乡亲们口中口口相传津津乐道。2016年8月陈昂应滕州市人民政府邀请携新书《陈昂诗选》参加"滕州市第十三届微山湖湿地红荷节"，并受聘"滕州市微山湖湿地红荷风景区（终身）文化顾问"。陈昂热心公益事业，2016年11月应中国红十字基金会邀请担任"行者基金形象大使"。2016年是陈昂诗歌创作的丰收年，媒体称之为"陈昂诗歌年"，这一年"陈昂现象"成为中国文坛的热门话题。

采访最后陈昂老师告诉我们："我没有想过该怎么做一名诗人，我一直把自己定义为生活的记录者。我时常在深夜思考，究竟是我选择了诗歌，还是诗歌选择了我。我从来不去寻找诗歌，因为我知道诗歌会跑来找我，就像最初诗歌一不小心走进了我的生活。"

本章说明：百家论坛部分编者在组稿时对多次重复出现的内容进行了删减处理。

陈昂现代诗

漫天飞雪的日子

漫天飞雪的日子
一定要约喜欢的人
出来走走
从村子的这头
走到那头
回家后
发现彼此
一不小心就手牵手
走到了白头

漫天飞雪的日子
一定要约喜欢的人
出来走走
大手拉着小手
紧贴彼此的胸口
这么美的景色
世界上没有人会看够

黑暗里没有影子

当乌云来临的时候

注定是个糟糕的天气

当黑暗来临的时候

连影子也会离开你

生活中

没有什么困难能够打败勇气

既然选择了扬眉吐气

就不要唉声叹气

再长的黑夜也会过去

从你用自信点燃蜡烛那一刻起

你的影子就不离不弃地陪伴着你

如若来世化作鲜花一朵

我曾想过
多年后的某个日出
会有个人想起我
想起我的诗歌
用他的思想过我的生活

我曾想过
如若来世化作鲜花一朵
蜜蜂能否禁得住诱惑

我曾想过
岁月能否陪我
看看下个世纪的日落
再犀利的烟火
都抵不过东去的大河

漂亮的人生敢于起航

一世并不漫长

人均不足百年的时光

天空的雄鹰没人鼓掌

也在飞翔

深山的野草没人心疼

也在成长

既然来到世界上

就注定有孤独和彷徨

即便遍体鳞伤那又何妨

只要敢于起航

就能活出漂亮

大鹅的哲学

一条悠闲的小河
静坐着几只神态自若的大鹅
端庄威武英气咄咄
鹅的从容缘于脚下的拼搏
昂首高歌的景色
有几人留意未曾停歇的
红掌清波

流浪者的夜很漫长

城市的街道车来车往

谁会在意流浪者的悲伤

街角霓虹灯闪烁着微弱的光

谁会想到流浪者的绝望

就算你躲在墙角哭泣

投给你的

也只有不屑的月光

你只能选择坚强

等待天亮

倾斜的秋日

人生有太多的故事

秋是相思的日子

痛到深处的泪水

没有人能够控制

倾斜是一种姿势

就像一位弯腰的绅士

谁能想到疾风侧帽的青年

迷倒了万千女子

如若秋日倾斜

我们会拉长自己的影子

再一次欣赏世界

我们会发现来时不曾见到的趣事

我多想把已逝的时光典当

一个人在没船的渡口张望
想去的地方都已打烊
我多想把已逝的时光典当
背上行囊牵着你的手闯荡
最美的风景在远方
所以聪明者一直在路上
假若湖上的景色在湖里看
你是选择相信还是遗忘

走着走着就单身了

身后的故事一串一串
眼泪却早已流干
一个人的热情
无法点燃热恋的火焰
你把温度给了欲望
欲望抛给我的却是心酸
心酸冰冷了容颜
没有心跳的爱恋
走着走着就单身了
另一半

寻人启事

我时常怀念和你一起的昨天
那种熟悉的感觉从未改变
在夜深人静的时候思念
拿着你的照片失眠

我们的城市相隔不远
却终日难以碰面
我时常在梦里写寻人启事
并把它贴满梦的空间

一条裸睡的鱼

背对着高山
把自然放在掌心之间
一条裸睡的鱼飞出湖面
在梦里左顾右盼
看白云徜徉在蓝天
聆听太阳的闲谈
腾空而起的瞬间
倚清风而眠

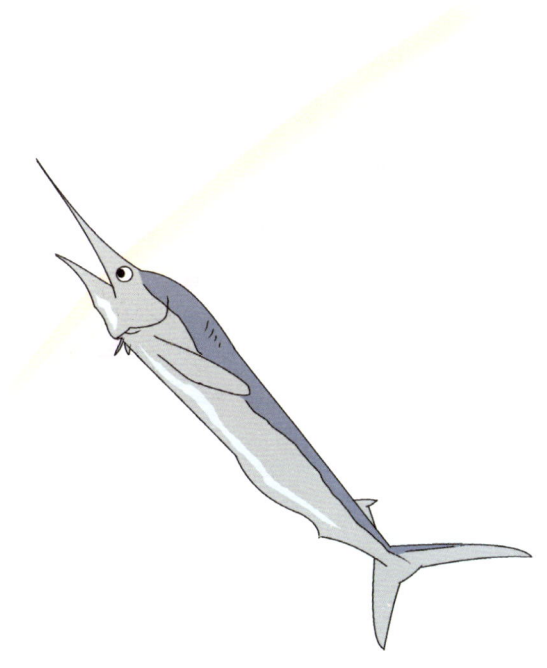

写给我失恋的影子

一条路走了无数遍
却依旧感觉孤单
错过一个如此合拍的另一半
每个人都会心酸
我想不到该怎样劝你
我亲爱的伙伴

或许我们期许的爱情
与金钱物质无关
我想和你在一起
只因为你是你
看似简单
却要用一生去等待这个偶然

你是个向日葵般的姑娘

你是个向日葵般的姑娘
心永远朝着阳光的方向
在黑暗的夜里
你化身一轮明月
把大地照亮

你是个向日葵般的姑娘
你的眼神里没有失望
即使栖身孤独的山谷
你依旧选择歌唱
把欢乐送给远方

最美的不在眼里而在心上

我从不期待谁能够把我照亮
我甘愿做自己的太阳
无论现实怎样
都要呵护梦想
我渴望自己像树木一样
让鸟儿在我身上歌唱
我从不羡慕别人
也从不荒唐地想象
我深信最美的事物
不在眼里
而在心上

幸福是一座可以攀登的山

幸福是一座高耸入云的山
每个人从出生的那一刻
都在拼了命地登攀
无论此刻你在
山的哪个位置低头看
都会有无数双
渴望和羡慕的眼
生活绝没有
想象中那么简单
也没有失败者口中
描述的那样不堪
或许幸福在山头
走到山腰的我们
暂时没有看见
但请相信
此刻你脚下的人
身上长了一双羡慕你的眼

妈妈是佛安排在我们身边的菩萨

妈妈是佛安排在

我们身边的菩萨

从儿时的咿咿呀呀

经过调皮的如风年华

最后长成心中的那个她

我们都离不开菩萨

都需要妈妈

在妈妈的照顾下

我们学会了走路说话

我们明白了人世的情恨交加

我们懂得了太多

有了牵挂

也明白了不得不放下

谁说盲人的世界没有太阳

我不止一次地表态

我需要光

无论是来自太阳还是月亮

我不止一次地谈论爱情

无论是分享还是想象

我都会随着故事开心或者忧伤

谁说盲人的世界里没有太阳

闭上眼睛

我们依然知道日出的地方

能抓住的是阳光

抓不住的是太阳

此刻

我伸手抱着它

它一定温暖地

像你曾经抱着我一样

最美的交杯是一醉方休

我深信

真正的爱情

天长地久

我深信

最美的交杯

一醉方休

如若必须给爱情

一个承诺

那便是

至死不休

曾经走过的山径

我不止一次地邀请
邀请你看夜晚的星星
与其说夜幕降临
不如说五彩缤纷的世界
闭上了眼睛
我不止一次地邀请
邀请你走走曾经走过的山径
与其说偷偷地约会
不如说跟往昔的时光
来一场旅行

那是一棵春天的小草

那是一棵春天的小草
在寒风凛冽的冬天
它依然不眠
盎然的生机是对大自然的挑战

那是一棵春天的小草
虽然缺少蝴蝶的伴舞
却依旧迎风招展
小草微笑的眉宇间
正是我们期盼已久的春天

洪荒

我来自洪荒

终归要回到洪荒

在大自然的隧道里彷徨

不敢张望

不断遐想

幽幽的风

涤荡着心驰神往

我来自洪荒

终归要回到洪荒

昨日的昨日流淌

今日的今日彷徨

明日的明日迷惘

在宇宙里

看天看星看月亮

看到了来自洪荒的想象

也看到了想象回到洪荒

爱情装睡

如果爱情装睡
不如姑且加上一床棉被
即便装睡
也睡得别有滋味

装出来的无所谓
实际是一种撕心裂肺
明知是叫不醒的装睡
还为梦甘愿陶醉

秋波

那不是一望无际的湖泊
却有楚楚动人的秋波
或许不爱你的人会说笨拙
而我却为此失魂落魄
你有你的可爱与洒脱
我有我的大气与磅礴
不管你爱不爱我
我心依旧执着
不管秋波属不属于我
它已滋润了我的酒窝

把书籍当作太阳或月亮

年轻人喜欢把书籍当作太阳
他们只要阳光不要幻想
在太阳下读书
渴望获得主宰命运的力量

老年人喜欢把书籍当作月亮
他们只要静谧和安详
在月光中阅读
书是快乐的信仰

生活需要来自不同时段的供养
正如我们一年四季穿着不同的服装
白天读书的人志在将梦想变成现实
夜晚读书的人意在将追梦变成守望

是不是有趣的人生像喜剧

白天和黑夜

总会在黎明时碰面

从此岸走到彼岸

从起点走到终点

微笑是不老的容颜

生与死仅仅呼吸之间

爱和恨不过是当时一念

有趣的人生像喜剧

从彩排到结束都是笑脸

生活二字生很简单活却艰难

口干舌燥和尽情畅饮的感觉

如若悟到切莫轻言

人长不过执念短不过善变

赢得空间输掉时间

回头的瞬间总能看到遗憾

展望的刹那总是自信满满

天还是那片天

舞台也从未改变

悲剧和喜剧也是同一个演员

荷花最懂梅花的心情

你谈及蜡梅傲雪的英勇
我的脑海里出现荷花的倩影
冬日或许严寒清冷
夏日也着实酷热无情
耐得住寂寞让人肃然起敬
在喧嚣中独行更应该赢得掌声
人字两笔书写人生
前半生春风得意不停地攀登
后半生顺其自然欣赏下山时的风景
夏荷冬梅身处同样的环境
太阳运动的过程
几人酣睡几人清醒

写给你也写给自己

我感觉自己在给
一个名叫陈昂的人打工
这是个被所有人忽视的真理
我从来没有怀疑过自己
也从未考虑过人生该走怎样的轨迹

我们不遗余力地努力
心甘情愿地效忠自己
我们一次次地迷失在生活里
在自己的生活里找不到自己

陈昂我想告诉你
也想告诉自己
我喜欢在寂静的夜里
送你北风十里

生活揪起寂寞的耳朵

午后再次相遇
院子外的那只蚂蚁
让我驻足而立
思绪瞬间回到那年秋季
那时它生活在院里
时不时地敲打墙壁

它的眼神一如往日犀利
默默地凝视过去
就在这个间隙
生活揪起寂寞的耳朵
大声地告诉你
当一个人开始嘲笑你的时候
一群人开始懂你

现代诗插画绘图：杜雅宁

陈昂非现代诗

听风

寂寞空惆怅,折花三两枝。
漫步亭阶上,倚柱听风吟。

青山

媚态笑冷眼,深谷月光寒。
张扬非本性,性本爱青山。

清凉殿

月印千江色,风卷半边天。
门庭生紫烟,佛居清凉殿。

忘情崖

清波逐红豆,白浪遏飞舟。
忘情崖上草,永沐春风生。

春夏秋冬

春风暖大地,夏月皓长空。
秋花红似火,冬雪染苍穹。

独醉南坡

天高云莫测,骑马易颠簸。
莫问前方路,北风下南坡。

泪雨盐巴

泪雨当盐巴,孤屋避风寒。
江边君垂钓,冰雪恨衣单。

寒沙无眠

江边沙筑屋,夜深人难眠。
无床背贴地,寒往心尖钻。

无题

玉笋之笔舞香檀,徽墨轻研琵琶弹。
一曲唱尽一曲新,春去秋来四月天。

飞瀑

一挂飞瀑从天降,半缕红妆半面墙。
水映青山山衬水,画里画外画心上。

相思

最爱羞眉一抬头,恰是黄山一篮秋。
待到来年九月二,早有喜鹊立枝头。

江南韵

桃红柳绿江南岸,涓涓小溪入紫烟。
纸扇抖墨绘楼阁,亭台小榭几人眠。

寒山寺夜寐抒怀

月高人不寐,深夜闻蝉叫。
莫待晚来雨,寒露打芭蕉。
人似堂前燕,风惊野马哮。
思君不见君,梦里恨梦少。

谭家菜

熊掌首选左前掌,鱼翅要吃吕宋黄。
谭家菜品有诗意,美食美器美名扬。

秋思凉

秋瑟萧萧枯叶飘,搁笔理鬓愁呼啸。
醉饮千杯不知醉,看似逍遥情趣妙。

晚夏塘景

不叹红荷藏碧波,原因秋风曾来过。
青妆卸去染枯色,满池浮萍心交错。

北风逍遥

黄叶扫地北风啸,凝眸桑梓路迢迢。
昔日红颜今憔悴,不是天凉是衣薄。

独居岛城

一夜秋风满地黄,寒气刺骨人单裳。
岛城十月冬将至,子夜双被脊后凉。

春草诗话

细水长流桑田地,祥光普照春草堂。
宁静淡泊喜禄广,清心寡欲福寿长。

策马放歌

欲比西施三天妆,不输当年金凤凰。
出水芙蓉含花笑,急坏三国赤壁郎。

秋风含情

天下红颜难入眼，碧波青莲空招展。
秋风含情催人醉，欲羞西湖半边天。

彩云归去

遥叹星辰傲月光，天河翠畔万年长。
风吹花舞杨柳曳，醉卧孤城满地霜。

雪夜偶题

千年明月挂树梢，微风袭袭雪漫桥。
归家途中心聊赖，轻吟雪人忘忧草。

空谷独奏琵琶曲

月曳枝头印林疏，反弹琵琶露似珠。
空谷独唱万籁寂，千载独唱情难抒。

秋感有泪

梦里醒来梦里睡，辗转反侧人不寐。
半床书籍半分醉，和衣欲睡满襟泪。

花开四季

茫茫宇宙无限大，鸿雁苍穹振翅达。
人间处处有花季，莫待无花再摘花。

东昌湖观景

人逢胜时须惜福，莫到愁日叹孤独。
江上舟子有名客，山穷水复一浮屠。

游山抒怀

万花皆有土里根，岂有凭空无理事。
众人争得生前利，何人会思身后名。
渴时饮水如甘露，饿时择果可充饥。
匆匆时光似流水，坐看天边一浮云。

巫山

巫山枫叶奏离歌,卧听秋雨弹溪河。
掩面不识擦肩过,抬头背后送秋波。
红豆烧酒人不在,笑瞥新花满山坡。
今日见君君见我,相视未语泪婆娑。

故乡月

谁采东篱花一朵,悠然南山苦作乐。
梦中恰逢江南雨,北国寒冬又飘雪。
西湖美色藏秋波,漫步轻吟徒骇河。
仰观星辰泪闪烁,天边钓得故乡月。

月心湖垂钓

金银哪比绿水好,携手佳人踏青草。
都夸牡丹显富贵,我看红玫比她娇。
闲时呼朋饮美酒,千金散尽换逍遥。
乐时万两济天下,忧时沉香当柴烧。

圣贤书里读圣贤

徒有才情空思量,万年陈酿扑鼻香。
莫叹不遇蜀刘郎,俭腹高谈庸人狂。
瘦羊博士真君子,昼耕夜读在他乡。
古往今来月依旧,老来多病知夜长。

题赠公务员应试万千学子

拟用银河洗青天,轻摇彩虹荡秋千。
白云岂是人间花,滚滚天雷钟鼓眠。
浮名看透终得悟,青山不语辨忠奸。
万贯家财当纸飘,不恋功名不做仙。

江北水城天上客

吾本天上客,怎奈惹凡尘。太古多思绪,胁肩谄笑人。
鸿钧有三徒,性情阐截分。名利煞风景,皆为仙家臣。
管窥天蠡海,答客难苏秦。曾经沧海情,陈陈相因深。
却扫杜门庭,玄黄蒲团真。先邀姜飞熊,后封周郎神。

高考行

天戏我霸气冲天，傲压群雄。生活多磨难，曾幻想，勇立潮头，空手翻云浪。又怎知，风疾船小浪拍翻。风无声，人无语，前路茫茫不堪看。

孰知道：堂堂七尺男儿，往昔金銮殿上与群雄争辩。曾服谁，如今一切烟消云亦散。苦苦衷衷又与谁人说，玄机奥妙该与何人谈。成才难，成才难！人生路途多磨难，风吹雨打都不算。至今朝，豪气无，人已绵，空悲叹。忆古代，科举取仕时，有多少才子学士兴冲冲地去，失落落地还。现如今，秉灯夜读十五载，到头来只换得名落孙山。哎，长夜漫漫人不眠，伤心事多多上九重天。千升难量心中愁，万斗难奈胸中烦。问苍天，我该怎么办？朝阳似火，花开四季，人世间哪来那么多悲哀和苦难！心不恼，信念起，重整麾下打江山。拥抱太阳，放眼河山，我已身经百战，也曾小沟翻船。我要雄心依旧，笑看云起云落，大地妙然。

畅未来，身披金甲，手执战刀，跨宝马问鼎中原，今朝我败你一个回合，明天你还我一座江山！

陈昂谈诗

陈昂谈诗

第一讲

所谓的诗人语言和诗人模式就是诗人要和常规思维约会，而后嫁给非常规思维，打破常人眼中的心理定势，在这里，一定要把握适度原则，否则极易走向另一个极端，导致诗歌丑陋化现象。诗人的自我刺激分为弱刺激和强刺激，就现代诗歌写作而言，诗人应催化诗歌的新鲜感，在合理的尺度范围完成新一轮的整体构建。

第二讲

现代诗歌写作的审美视角要从外在的现实环境土壤中生长出来，每个诗人在创作过程中都会面临视觉选择这一难题，视觉选择和诗人本身的成长环境、所受教育、个人经历紧密相关，诗人在选择时应注意视角对比，找到创作诗歌的最佳视角。

第三讲

现代抒情诗的戏剧性尝试就像是把篱笆割开一个缺口，可能会破坏原有诗歌的纯净，但也会有新的风景，总体来看它是一种新的态势与存在，也有适合其生存的环境，诗人在写作中如感无趣，此路也可走走，戏剧冲突会增强诗歌的哲理性和趣味性，在创作中应把握好诗歌的戏剧动作，找好坐标，注重艺术处理和诗艺包袱，把戏剧动作用诗歌语言表现出来。

第四讲

现代诗歌的写作质量源于一首诗与生俱来的诗意，诗人水平的高低取决于诗人的眼睛耳朵嘴巴和鼻子，眼睛就是观察力，耳朵就是聆听，这里的声音指的是来自自然和社会两个方面的声音，嘴巴是把一首诗的所有素材吃下去，鼻子是把诗意呼出来，把诗质吸进去。

第五讲

有一种诗歌是用熟悉的画笔描绘陌生的风景，显而易见和巡遍千山可能是同一处风景，现代诗歌没有不懂诗的人口中说的那样晦涩难懂，相反，优秀的现代诗歌像音乐一样可以让大众为之动容，陌生化是现代诗歌写作的一大技巧，内容和语言的陌生化是重中之重。

第六讲

诗歌情绪不同于诗人情绪，诗人情绪影响诗歌情绪，诗歌情绪由质感和器感两部分构成，其中诗歌质感是不可变因素，诗歌器感是可变因素，诗歌器感会因时间空间的改变而改变，也会随着时间的流逝不断更新，从而变得更加丰富多彩，诗歌情绪是诗人情绪和读者情绪的中介，把握好诗歌情绪有利于诗歌作品的翻译和解读。

第七讲

诗人应该栖身于自然之中，并通过诗歌召唤一个崭新的生命，创作是生活赋予的本领，感悟需要时常净化心灵，保持童心，写作才有生命，保持童心需要我们强化童年记忆，激活童年思维，开启童心模式，把童年思维模式转化为诗性思维模式，用儿童的眼光去看待周边的人和事，而后用成人的素养和学识记录下来，分享给太阳和月亮，最后让星星读给我们听。

第八讲

学生问我如何看待自己的诗歌被他人盗用，我想说有时所谓的抄袭不过是同一诗歌意象的再次重生，诗人追求的是独具特质的风景，又何必在意究竟发现美的是哪一双眼睛，不如多留些时间去开拓诗歌的未知，至于故事就让后来人编写和倾听。

第九讲

中国新诗发展面临的困境在于诗歌自身和现实处境之间，诗歌是一种高层次的精神文化产物，不同于语言通俗幽默、有情节、有故事的大众文学。它的美不是流于表面的，不能给人提供直接的审美感受，而在于诗歌自身，需要深入地品味、赏析。因此，新诗需要接受时间的检验，在历史的淘洗中积累精华，在批评的推动中绽放美感。诗歌的发展需要"诗歌的大环境"，我感谢每一个关注诗歌的人，一个优秀的诗人一定懂得尊重"诗歌"，敢于肯定他人的优秀诗歌作品，贤者互为师，只有站在巨人的肩膀上我们才能走得更远。

第十讲

曾有学生问我，老师，我突然写不下去了，动不了笔了，我该怎么办呢？我当时的回答是：读书，旅游，看世界。事实上，这是诗人写作中遇到的"诗歌高原现象"，出现这种状态是非常正常的，这种现象每个诗人都会遇到，而且每3~5年就会出现一次，出现这一现象主要有三个原因，首先是没有经过专业的诗歌写作训练，其次是因为读书少、走的近、眼界小，最后还有一点我把它称作"诗人的第六感"。

第十一讲

"诗人的第六感"实际上是指诗人在写作过程中遇到的"诗歌臆想症",具体表现主要有两种:其一可以概括为"自我迷失型";其二可以概括为"恐惧自卑型"。"自我迷失型"主要是指在诗歌写作中突然间感觉自己达到了巅峰,极度自我欣赏,感觉无法自我超越,"恐惧自卑型"主要是指在写作中突然极度自我否定,丧失信心,并出现胡思乱想,感觉诗人命运悲惨、不幸,这些不健康的心态主要是由于"潜意识自我暗示"导致的,不及时妥善处理和自我调整会引发一系列不正常行为的出现,诗歌具有"大众享受小众收入"的特点,生活的压力往往引发"诗人的第六感",从而患上"诗歌臆想症",要想改变这一现象,诗人应该走出去,走向世界,让思想在户外呼吸新鲜空气,"诗人的第六感"并不是每一个诗人都会遇到,"诗人的第六感"更青睐于"大师",因此遇到这一现象不要沮丧,自我调整好,积极面对,你会比其他诗人更容易成功。

第十二讲

诗歌张力是一个从无限放大到无限缩小的过程,在诗歌的创作过程中,我们相当于一位构图者,我们没有必要把所有的颜色都填充上,我们要留给读者充分的想象空间。让静止的诗歌动起来,少些具象化,多些抽象化,通过一个字、一个词、一个句子为一首诗歌埋下重复爆炸的缘分炸弹。在现实世界中,"人是社会关系的总和",人与事物,事物与事物之间,存在着这样或那样、直接或间接的联系,这些都属于常规逻辑范畴。诗歌为了表达某种感情的需要,打破这种现世常规,利用反常逻辑,创造一个假定性的艺术世界,从而形成诗歌的张力。诗歌张力所创造的遐想空间,能给读者带来更多的沉思与启迪。简单地说,诗歌的张力就是诗人独创性的情感抒发方式，是诗意的跨越与修辞。就如古时候的弓，当我们把弓拉开的时候，弓虽然是静止的，但蓄势待发的形式就是诗歌张力的具体体现，优秀的作品一定经得起时间的检验，可收可放，如弓之开合，不平淡不夸张，恰到好处。

第十三讲

诗是写给懂诗的读者，这是一种感觉，是共鸣后的倾听诉说，优秀的诗歌，一定有属于它的时刻与读者，你不听他听，他不懂她懂。现代诗歌的发展需要我们一同打造给力的诗歌平台，用生活的指挥棒敲打诗歌的木鱼，弹奏一首大众之歌。每一个诗人都是哲人，诗歌是审美的，诗歌的审美性决定了诗歌的价值，而审美的价值不仅仅表现在艺术性上，而且表现在作品所反映的思想内容上。哲理是思想集中最高的反应，诗歌的哲理是诗人对社会生活的高度抽象与概括。

第十四讲

在诗歌创作前，我们收集创作素材的时候，我们要选择文化王国里的恒星，不要选择稍纵即逝的流星。创作一半来自灵感，一半来自我们后天的学习，寂寞的文化旅途总要有几朵文化的野花陪伴，我们不能为了写诗而写诗，我们应打造时代特有的诗歌品牌。由于以娱乐性文化消费为主体的大众文化的出现，诗歌不再像以前那样受读者的期待和关注。新诗在整体上经历了一场阵痛与滑坡，既失去它在传统社会的中心和优越地位，也无法与大众流行文化抗衡，出现"边缘化"的趋向。但这并不意味着诗歌的存在不再必要，也并非没有复苏的可能。我们对大众文化的流行应该一分为二地看待，它虽然对新诗的发展有些不利因素，但它促使新诗做出了某些调整，它使新诗的创作开始关注当下百姓的生活和复杂情感，从这个层面上讲，大众文化的流行为中国新诗的发展插上了腾飞的翅膀。

第十五讲

我是一个普通的诗人，所以我能写出普通人喜欢的诗歌。在诗歌创作中我们应遵循"普遍规律"和"大众法则"，这和我们前面谈到的"陌生化"并不矛盾。诗歌的境况受当下市场经济的影响，诗歌的政治地位和社会地位下降，它不再是仕途阶梯和个人教养的标志，这导致诗歌的读者和作者的大量减少，现实中狭小的读者群，限制了诗歌的传播，这对我们诗歌创作者来说提出了更高的要求，我们既要做诗歌的创造者，又要做诗歌的读者，我们要学会给自己写诗，把自己的作品读给自己听。我们生活在娱乐当道的时代，我们应增强自身的创作使命感，与时代精神的同步共振，扩大诗歌传播、流通的手段，特别是对"多媒体"的利用，在艺术上加强自娱性与使命感的双向平衡，走出形式误区，把握好诗歌节奏。

陈昂语录

满池荷花／只有一枝没有绽放／它要开给心仪的姑娘

——《鱼在水里飞翔》

鹅的从容缘于脚下的拼搏／昂首高歌的景色／有几人留意未曾停歇的／红掌清波

——《大鹅的哲学》

生活有一双翅膀／一个飞往黑夜／一个飞往黎明

——《从黑夜飞往黎明》

既然来到世界上／就注定有孤独质疑和彷徨／即便遍体鳞伤那又何妨／只要敢于起航／就能活出漂亮

——《漂亮的人生敢于起航》

黑暗里的野花／就是一轮失明的太阳

——《黑暗里的野花》

我站在拐角路口／让整条街在脚下行走／头顶的白云苍狗／偷食海市蜃楼里的馒头

——《让整条街在脚下行走》

睡梦中村庄化身白色的小船／船头坐着母亲船身满载思念／我在想家的梦中沉睡／在他乡的床上失眠

——《我的家乡是一朵莲》

人长不过执念短不过善变／赢得空间输掉时间／回头的瞬间总能看到遗憾

——《是不是有趣的人生像喜剧》

有些朋友 / 人生能得几回见 / 却依然思念思念 / 生命因为感情 / 有了水有了山 / 有了巍峨宁静和伟岸

——《人生能得几回见却依然思念思念》

不要在满天乌云的时候寻找太阳 / 当暴雨过后 / 天空自会还你一个晴朗

——《童年的梦很长很长》

如果你选择像鲜花一样盛开 / 你将在短而长的生命里迸发光彩

——《我选择在活着的时候轮回》

命运告诉我们时间会不断地洗牌 / 但玩牌的除了自己都是虚假

——《生活需要我们一边喝茶一边观察》

生活需要来自不同时段的供养 / 正如我们一年四季穿着不同的服装

——《把书籍当作太阳或月亮》

人字两笔书写人生 / 前半生春风得意不停地攀登 / 后半生顺其自然欣赏下山时的风景 / 夏荷冬梅身处同样的环境 / 太阳运动的过程 / 几人酣睡几人清醒

——《荷花最懂梅花的心情》

我不想看着雪花消失不见 / 更不想因为雪花错过整个冬天

——《雪花融化在心尖的瞬间》

选择在自己的角落装睡 / 朋友请你说话轻些 / 莫要惊扰我

——《选择在自己的角落装睡》

一家人也有南腔北调 / 一锅汤也有不同的佐料 / 彼此尊重给亲人一个拥抱 / 幸福会悄悄地送你一个微笑

——《喜欢老家的饺子》

一万年后的远游 / 寻觅出水彩莲的娇羞 / 你的嘴和语言 / 是我今世的模样和忧愁

——《一万年后》

故事并不感人 / 只是说故事的人泪流满面

——《每个人的世界都有一只碗》

碌碌无为的生活 / 不过是把肉体留在人间

——《百年的时间》

我渴望自己像树木一样 / 让鸟儿在我身上歌唱 / 我从不羡慕别人 / 也从不荒唐地想象

——《最美的不在眼里而在心上》

千年之后的一弯明月 / 此时静静地隐藏在 / 属于自己的角落

——《诗歌中的诗歌》

贪婪的欲念 / 像鹅毛飘进火炭 / 惊鸿一瞥的刹那 / 照亮人间

——《一颗心有了弱点》

漫天飞雪的日子 / 一定要约喜欢的人 / 出来走走 / 从村子的这头 / 走到那头 / 回家后 / 发现彼此 / 一不小心就手牵手 / 走到了白头

——《漫天飞雪的日子》

擦肩而过的瞬间 / 多少有些遗憾 / 注定不会相见 / 又何必问姓名籍贯

——《美好的往事像风铃一般》

能抓住的是阳光 / 抓不住的是太阳

——《谁说盲人的世界没有太阳》

人生之所以不幸 / 是因为在自我的悲剧里 / 编写他人的神话

——《要活就活得潇洒》

当黑暗来临的时候 / 连影子也会离开你

——《黑暗里没有影子》

如若秋日倾斜 / 我们会拉长自己的影子 / 再一次欣赏世界 / 我们会发现来时不曾见到的趣事

——《倾斜的秋日》

每个自卑的人 / 都渴望春天 / 他们喜欢 / 在门缝中 / 把春色看遍

——《自卑与自信》

与其说夜幕降临 / 不如说五彩缤纷的世界 / 闭上了眼睛

——《曾经走过的山径》

过平凡的生活 / 享受天才的快乐

——《把寂寞锁进抽屉》

不要把幸福藏进眼眶 / 我怕有一天 / 眼泪不小心将它烫伤

——《写给自卑的姑娘》

时刻铭记内心的高度会让你越来越有风度

——《从那一刻起》

雨水淋湿了青蛙 / 淋湿了大地 / 也淋湿了自己

——《蛙泣》

用心去看世界 / 比用眼看得更远

——《看得见与看不见》

装出来的无所谓 / 实际是一种撕心裂肺

——《爱情装睡》

一片枫叶的勇气 / 足以染红整个秋季 / 我对你的思念 / 淹没在百草丛生的日子里

——《隔岸牵手》

我不满飞絮缠绵 / 飞絮或许讨厌 / 你却说不失浪漫

——《飞絮》

从恋爱到牵手 / 谈及婚姻实属不易 / 且行且珍惜

——《且行且珍惜》

重要的人越来越少 / 留下的越来越重要

——《曾几何时》

我们这里不下雨 / 街道也不拥挤

——《你不曾相遇的风景》

站在地球上的我们 / 却看不见整个地球的风景

——《站在地球上看风景》

一个无聊的瞬间 / 渐渐懂得了思念和回忆

——《我们把自己关进了手机》

喜欢的生活总是不出现 / 出现的生活总是不喜欢 / 时间越长快乐越短

——《用左手抚摸左脸》

假如你说喜欢夜空的浪漫 / 苏凡会把最亮的一颗星星摘给你看

——《苏凡的爱情》

时间你别推 / 让我睡一会 / 做个开心的梦 / 在梦里飞一飞

——《时间你别推》

去掉心中的魔鬼 / 减轻自我的负累

——《自卑者戴着面具约会》

蒙上双眼 / 跑得再快也跑不出夜色 / 不必较真生活 / 寂寞的夜总有小雨陪着

——《因为懂得所以寂寞》

女人穿上高跟鞋／可以改变身高／但高跟鞋／不一定合脚

——《微微一笑》

我不喜欢简单的你／我喜欢你的简单

——《喜欢你的简单》

生活是与自己／不停地相遇

——《清醒》

烟花／固然绚烂／绽放的不过是一个瞬间

——《一个人的生活一群人的世界》

鱼的眼泪落在水里／是对生育之地珍惜

——《微湖湿地的痴呓》

我时常仰望／我时常迷惘／我时常一个人拥有两个人的思想

——《两个世纪一个人》

路走了无数遍／却依旧感觉孤单

——《写给我失恋的影子》

神奇的笔／成就了文章／出卖了自己

——《神奇的笔》

你是个向日葵般的姑娘／心永远朝着阳光的方向

——《你是个向日葵般的姑娘》

在开满薰衣草的山涧／欣赏飞瀑迎面的震撼

——《飞瀑迎面的震撼》

我们喜欢／在自己的生活里唱别人的歌／把自己的故事留给别人说

——《勾勒时光》

飞跃彩虹的瞬间／才会感受到／太阳是多么地温暖

——《飞跃彩虹的勇士》

我喜欢太阳／喜欢在时间的夹缝里捕捉阳光

——《在时间的夹缝里捕捉阳光》

当黑夜拿走了太阳／星空又给我送来了月亮／此时的我已然酣睡／睡梦中的故事／留给你去想象

——《徘徊的脚掌》

我多想把已逝的时光典当／背上行囊牵着你的手闯荡／假若湖上的景色在湖里看／你是选择相信还是遗忘

——《我多想把已逝的时光典当》

总有一个人／在你背后／捡拾你忽略的美

——《捡拾你忽略的美》

我的心里有一座城／它白天的时候沉睡／夜晚的时候苏醒

——《我的心里有一座城》

不想狼狈的你／为什么选择在狼狈的天气相遇

——《热闹的雨总是在路上》

与影子共进晚餐／深藏心底的思念／化作一道幸福的光线

——《月姑娘的容颜》